倪萍画日子

倪萍 —— 著

人民教育出版社

图书在版编目（CIP）数据

倪萍画日子/倪萍著.—北京：人民教育出版社，2012.5
ISBN 978-7-107-24463-6

Ⅰ．①倪… Ⅱ．①倪… Ⅲ．①小品文—作品集—中国—当代 Ⅳ．① I267.3

中国版本图书馆 CIP 数据核字（2012）第 091364 号

倪萍画日子（简装本）
NIPING HUA RIZI
倪萍著

出 版 人：殷忠民
统　　筹：魏运华　龙晓君
策　　划：张华娟
审　　稿：魏运华　张华娟
责任编辑：陈　涓
特约编辑：安　阳
投稿邮箱：dz@pep.com.cn
美　　编：李宏庆　王　喆　房海莹
装帧设计：

责任印制：郭　绪　邢红权
营　　销：王　玮　徐政辉
联系电话：010-58759316（零售）　58759819（销售）
网　　址：http://www.pep.com.cn

人民教育出版社 出版发行
北京盛通印刷股份有限公司印装　全国新华书店经销
2012年5月第1版　2012年5月第1次印刷
开本：787毫米×1 092毫米　1/16　印张：8.5　插页：18
字数：100千字　印数：000 001 - 300 000册
定价：29.80元
著作权所有·请勿擅用本书制作各类出版物·违者必究
如发现印、装质量问题，影响阅读，请与本社出版科联系调换。
（联系地址：北京市海淀区中关村南大街17号院1号楼　邮编：100081）

序

怎么深更半夜的想起画画了?

了解我的人惊喜,不了解我的人惊吓。

朋友称我五十岁开始画画是华丽转身,八十岁的母亲听见的却是滑稽转身。

只有两个人知道,拿起画笔开始涂抹对于我来说是早晚的事。

这两个人是姥姥和我。

没学过画,也没有老师指点,何以成画?我笑了,笑自己的无师自通;我哭了,哭自己终于动笔了。

四五岁的我就会用树枝子在姥姥家院子里画小鸟,在黢黑的灶台上画大公鸡,上中学那会儿我画的工农兵肖像和外面贴的宣传画一模一样。不知什么原因,这支画笔一撂就是近四十年,更不知为什么从没想过要拿起它,可冥冥之中它在我的心里从来就没有停止过涂抹,也没有一天被忘记过。我一直用心浸泡着它,不让它干涩。无论主持节目还是拍电影,我都为它聚攒着墨、储存着色。跟着日子写生,用眼睛浏览山河,用心灵拥抱大地,没放过任何让我感动的画面,没落下一个令我难忘的人物。生活为我开启了一扇巨大的门，我在其中膜拜了无数的大画、大师。由此说来，不能算无师自通吧？

因为工作的便利，我有幸采访过许多大画家，见过许多名作，心里的这支笔就更不敢动了，眼高手低把我捆住了。"上不了大山上小山，上不了远山上近山"，姥姥的话替我松了绑，我开始以"无知者无畏"的姿态涂抹了。

画的技术没有，画的灵魂显现。心中的向往、心中的温暖、心中的感动，一点一点地随着墨彩向纸上流淌，所幸它的流淌都涌入了赏画者的心灵。于是，我们有了交流，有了往来。深者看深，浅者看浅，什么画都有人解读，什么画都有人讨要，这是我意料之外的。

于是，我开始"显摆"了。先是在深圳美术馆开了一个大画展，一百多幅画把四个展厅全铺满了，每天几千人在那儿拥挤着，最多的一天有一万多人。小倩给我看了一幅微博上的图片，把我震住了，一位收废品的大哥在画展正厅的地上坐着临摹我的画呢。我当然知道，因为职业的光环，即使卖白菜也会多卖两棵，但内心深处还是欢喜。姥姥不是说了吗，"欢喜别嫌小，一个一个加起来，欢喜就大了"。

欢喜多了，胆子就大了。半年之后，我在北京的荣宝斋开了第二个画展，又是一百多幅新画。这次"显摆"时，心里有些打鼓。我很清楚，这毕竟是专业大画家展出画的地方，一进门就是黄永玉老先生的十几米大画，满墙满柜都是齐白石、张大千、黄胄、范曾……这一回是小羊误闯了狼群，剩下的就只能是不停地倒气了。几次和小叶、雨露说："要不算了吧，荣宝斋是个卖画的地方，咱要是一张也卖不出去，这么大的脸往哪儿放啊？！

交画那天，我像个母亲，终于把孩子生在台面上了，在生命似醒非醒中，听见荣宝斋的行家们夸奖婴儿，我心里笑了，笑得流出了眼泪。

我哭了。

新闻发布会那天，我又好几次想哭，但嘴角是笑的。看到许多久违的同事、战友、领导、朋友，他们都是眼下最当红的人，都忙得四脚朝天，我真的是不舍得占用他们的时间啊！干吗为自己的这么点小事麻烦别人？"有多大的嘴吃多大的馒头"，这不是姥姥常说的话吗？咳……

我们之间其实太不应该生分地说感谢了，可我不停地向一丹、杨澜、朱军、鞠萍、张悦他们说感谢，我不停地推他们："快走吧，快走吧！"我像在火上被烤着的烙饼，满脸通红，满心欢喜。当然，我也不停地说："挑画啊，喜欢哪幅就拿走哪幅！"一副叫卖的腔调，一片欢呼。

真是没白"显摆"，荣宝斋画展当天，一百多幅画就被买走了一多半儿，几面墙都被买空了。望着不像画展的画展，不知为什么，心中突然很委屈。

三年的三个三百六十五天，我几乎是天天画、夜夜画，满屋子、满地板，凡是能放东西的地方堆的全是纸，画了撕、撕了画。这一刻，画都被拿走了，就像心被掏空了。曾经站着看、蹲着看、远看、近看，眯着眼看、瞪大了眼看的这些如同自己孩子般的一幅幅画，都被些不认识的人领走了，是喜是忧？我至今说不出，只是心疼，疼得不得了。

中午大家庆贺吃饭，我躲进洗手间稀里哗啦地好哭了一顿。为什么画画？赚一大堆钱应该高兴啊！可画画是为了画钱吗？心里也知道画一堆废纸没人理会挺难受的，可如今孩子都被卖了，那滋味也相当难受，没有一个当娘的会拿着卖孩子的钱喝酒吃肉……

想起第一幅画被高价买走的那份欢喜，如今我像孩子一样，不知是该哭还是该笑。

这算是华丽的转身，还是滑稽的转身？

倪萍

2012年5月

目 录

日子，是熬一碗腊八粥 ___001

最远的腊八粥 003

三加二等于五 007

要客（贵宾/VIP……） 010

金贵的胶州大白菜 013

顺子 015

熬着吃的樱桃 021

雨中曲 025

北京的爷 030

黏嘴的苹果 035

日子，是爱与被爱 ___041

姥姥的相片 043

穿裙子的姥姥 045

婆婆丁 046

最长的三里路 050
母亲的日子 054
儿子的画 061
青海奶奶 066
她怎么这么难看 072
给姥姥的一封信 074

日子，是那些人那些事儿 081

马三立，我的偶像 083
风华绝代 087
达人秀 091
史铁生 095
狗狗的幸福 101

日子，是悲与欢的离合、生与死的交替 105

画中话 107
那些还没盛开的花 111
大碗花 115
野草莓 121
那两个死了的同事 124
最长的拥抱 129
红灯笼的年 133

附：读画 141
结束语：日子是能画出来的吗 153

日子，
是熬一碗腊八粥

最远的腊八粥

也许是都赶着回家喝腊八粥,所以路上的出租车特别少,好不容易等上一辆,人家说要回顺义,没办法,只好继续往前走。走了几十米,那师傅又追上来,"你是电视台的倪萍大姐吧?上来吧,送你一趟!"

坐上车,师傅的话就没停。

"我妈活着的时候可愿意看你的节目了,我们家哥儿八个全都是你的粉丝。"

"哥儿八个?"

"还有俩姐,我是最小的。我五岁时父亲就去世了,我妈愣是一人把我们都拉扯大了。"师傅高兴地"痛说革命家史"。

"师傅,你家住顺义?"

"我大哥住顺义。"

"住你大哥家?"

"去喝腊八粥。"

"这么远,喝碗腊八粥?"

"嗯,这是我大哥特意给我熬的,年年这一天我都必须去。豆子、花生、枣什么的,头天晚上就泡上了,他熬的那腊八粥没的说,每回我都喝上四五碗,就着我大哥自己腌的萝卜咸菜,舒坦!"

"你大哥多大了?"

"七十一了。我爸没了之后,我大哥就是一家之主啊,帮着我妈拉扯了九个兄弟姐妹,我们家绝对的老大!"

这么远,真是吃肥了走瘦了。"今天不拉活儿了,算是收工了吧?"

"收?喝了腊八粥得再回到城里拉点儿钱,快过年了,活儿多。"

"年货都办齐了吧?"

"不办年货,今年在我二哥家过。我们是十家轮班,等轮到我家还有八年。"

"轮班?什么叫轮班?"

"就是今年这九家都到二哥家,明年那九家都到三哥家,我妈活着的时候就这么个规矩,这都快十年了,我就轮上过一回。"

"天哪,十家在一起过年,这得多少人啊?"

"加上第三代,几十口子吧!"

"那么多人,桌子得多大啊?"

"分好几桌。有的家没那么多桌子,逮哪儿跟哪儿吃,热闹呗!"

"几十口人的饭,那得做多少啊?光饺子就得煮不少锅吧?"

师傅乐了,"甭说饺子,那年在我二姐家,腊八蒜这么大一坛子都吃了个精光。为这我二姐后悔了一年,说该腌上两坛子,过个年连个腊八蒜都没让兄弟们吃够。"

"我五嫂的泡菜最拿手,窗外摆一溜,吃完了各家还拿走一罐。我七

哥萝卜丸子一炸就是几十斤，干吃、氽汤都绝对地道！我大哥最拿手的是豆腐箱子，二两的豆腐块儿，里边塞上馅儿，在锅里一过油上色就捞出来炖上，那一绝！"

"你的拿手菜是啥？"

"轮上我家那一年，我媳妇正怀孕，见不得腥，我买的基本上都是半成品，到家一热就能吃。咱不是开出租吗，那时开车算挣得多的，咱也显摆，愣是花了我半年的车费，高兴！"

"这么一大家人在一块儿，也得有点小摩擦吧？"

"没有，有我也看不见。过日子嘛，有摩擦你不把它当摩擦就没有摩擦了。"师傅说话快，像绕口令一样，可我听得清清楚楚，这是生活的法宝啊，聪明加善良。

这是和谐的一家子好人。

"好人是互相影响的，我大哥就是最好的人！啥事都是他先吃亏，占便宜的事让给人家。我们家老房子拆迁，分了三套楼房，我大哥要了套最小的，他说算命的给他算过了，他住这套小的能长寿。谁知道真的假的，我大哥说啥兄弟几个信啥。"

如今日子都比从前好了，兄弟间的这番情谊却已经不多见了，多的是争房子、抢地、分钱、上法庭、撕破脸……

师傅的电话响了，是大哥打来的，问八弟走到哪儿了。师傅说车上坐的是倪萍大姐，大哥还特意让八弟向我问好。我说："你告诉大哥：向大哥问好，向你们一家致敬！"

回到家，喝了母亲熬的三碗腊八粥，画了这幅画。

三加二等于五

无论身边有多少人,你一眼就能看出这是母女俩,太像了,像得简直就是一个人。

女儿因为失去了孩子而办了一个残疾儿童福利院,母亲因为心疼失去孩子的女儿而帮她打理这个福利院,一切都是义务的,一切都是心甘情愿的。

这是我见过的一对最优雅的母女。细白的脸,褐黄色的长发,紧身的棉布短衣下,一条长布裙曳地,脚上蹬着一双杏黄色的平底皮鞋,好看、舒适,这是母亲。女儿的穿着也是这样。所不同的是,女儿三十多岁,母亲五十多岁。

安静的神情里你看不出她们有什么苦难,不多话的她们也从没有向别人诉说的欲望,每天我们见了面就是客气地打个招呼,不亲热也不疏远。母女俩像仙女一样在人间飘来荡去,现如今还有这样的人,你以为自己在梦里。

母亲在教一个脑瘫儿算术:$3 + 2 = 5$。她伸出五个手指,脑瘫儿也伸出了一个巴掌,嘴里却说是三。母亲又纠正:"三加二等于五。"脑瘫儿认

真地说:"等于七。"一个上午,三加二等于几还是没弄清楚,有时对有时错。终于,母亲急了:"再记不住,中午饭甭吃了!""等于五!五!五!"脑瘫儿准确无误地连说了好几个五,哭着说的。

母亲转身走了,我心疼地抱起了那孩子,小声问她:"三加二等于几?"

"等于三。"

母亲拿回了盒饭,一勺一勺地喂着脑瘫儿。

"两勺米饭和三勺菜加起来等于几?"

"等于三。"

真受折磨。这母女俩为什么投身这片苦海?为什么要在这里浸泡?几次话到嘴边又不忍心。不是所有的苦难都需要向别人倾诉,一人一个过

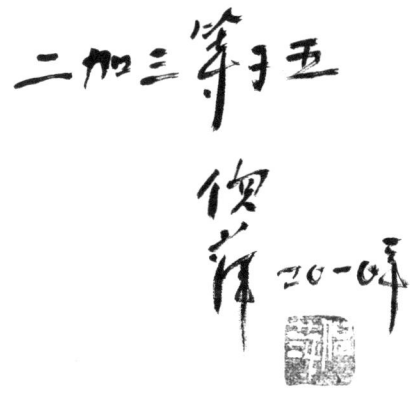

法。母亲说,她有清静的地方,每年再忙也会去湖北的武当山住几个月,那儿有个她自己的小别墅。

"一个人去?"

"女儿走不开,这群孩子就拴住她了。"

你永远别用自己的想法去套另一个人的脑子,你的不理解就是因为你不是她。我似乎很理解这母女俩,可是关于她们,世俗的我一点儿也说不出什么,只是想起女儿说的"哈,三加二等于五,我妈都教小樱一千遍了"就心疼,心疼这母女俩,也心疼小樱。

于是回来画了这小鸡、柿子。

盼着她们吉祥,事事如意吧!

要客（贵宾/VIP……）

不知从什么时候开始坐头等舱的，习惯了前后左右都是衣冠齐楚的要客，这次吓了我一跳。

排在我前面安检的这位"要客"，先从行李上看就把我镇住了。"要客"手里拖着一个最多值几十块钱的拉杆箱，箱子上绑着两个超市卖花生油赠送的黄绿色编织袋，颜色艳得吓人。背上背着个破旧的双肩学生包，包的侧网兜里放着好几包饭店用的一次性餐巾纸和一次性筷子。

再往上看，"要客"的短发是刚剪过的，短得让你想笑。一米四几的个子淹没在排队的人群里，侧身露出半个脖子、半个脑袋，像个卡通娃娃。脖子是太阳晒出的黢黑的颜色，发根是刚剃过头露出的愣白。

"要客"左手拎着一个黑包，这个包看上去再多放一粒米就得撑破了，右手紧紧地攥着那个拉杆箱，腾出的两个手指头夹着登机牌和身份证。

"要客"仰着头，一直看着身边的儿子，儿子一直在说："过了安检往右走，见着二十四号登机口你就往里拐。"排队几分钟，娘儿俩满头大汗地只说这一件事。

终于安检了，"要客"拉着行李就往门里走，儿子在门外喊："把箱子放上去安检！"她回头冲儿子笑笑，一排门牙全"下岗"了，黑洞洞的一片。但母亲并不显得衰老，很健壮的样子。她冲儿子摆摆手，像是在农田里洒药干活。

我忍不住上去想帮她把箱子搬上安检的传送带，刚一抬手，"要客"就动如脱兔般一把将箱子夺过来，里面一定是装满了金子她才这般神速，我只好放弃。

安检门报警声此起彼伏，"要客"身上装了太多小零碎，一一掏出来，不过是些钥匙链、钢镚儿，一堆"破烂儿"，又是一头汗。过了安检，"要客"重新拿上这五六七八个大包小袋，长长地松了口气。

该正式和儿子告别了。"要客"回了回头，努了努嘴，手被包占满了，举了三次都没举起来。放下包，包又滚得满地都是，等向儿子挥完了手，她再重新一个个地拎起、背上。

两种可能：一是春运经济舱没票了，只剩头等舱了；二是儿子想让母亲坐一回头等舱。好奇，我又回头仔细地看了一眼这个好儿子，衣着普通，模样紧随"要客"。

母亲已经右拐右拐，拐得看不见了，儿子还站在安检门口等着……

米豆

普通的小事，折射着人性的光。佩服你的文笔。

深山兰草

平凡的母子，淳朴的妈妈，有孝心的儿子在你的文笔下朴实无华，感动每一个父母儿女的心。因为你真实地描述平常生活，所以我们觉得你更像邻家大姐一般亲切温暖。祝你和你的所有亲人永远幸福安康。

阿闷

写得有点矫情，作者其实有居高临下的感觉，没什么意思。

新浪网友

倪姐，看了你的这段博客，还是忍不住想提醒一下，作为一名公众人物，特别是央视的著名公众人物，请不要失准用词。你公然声称"坐惯了头等舱"，原本就拉开了与平民百姓之间的距离（当然，许是工作需要），更不要把该称为"公务舱"的人为级别化为"头等舱"噢。希望以后能多加注意。

以上是一篇发在博客上的文章，是我在机场等飞机时有感而发的。没成想招来了一些网友不同的声音，说我这是站着说话不腰疼，说我看不起这样的"要客"。

听到批评自然难受，不过用姥姥的话说，"换个个儿就想通了"。

已经二十多年了，因为职业的关系，我一直是处在"站着说话不腰疼"的位置。尽管时时提醒自己"你就是个一般人"，但下意识的东西有时很可怕，慢慢地就往你骨子里钻，钻到最后就长进你生命里了。

不过，"要客"妈妈在我心底始终是位要客，尽管我会下意识地"笑话"她的穿着打扮，就像别人笑话我不会捯饬，但我还是羡慕她，"要客"妈妈。

金贵的胶州大白菜

过年了,山东送来了胶州大白菜,说一百块钱一棵。鲁迅解释物以稀为贵,说"北京的白菜运往浙江,便用红头绳系住菜根,倒挂在水果店头,尊为'胶菜'"。他想不到,如今白菜在北京也被系上红头绳了。像包裹着的婴儿,菜根上围了条红围脖,菜腰上系了个红蝴蝶结。妈呀,再穿上双红鞋,领着就可以走路了。

和大白菜一起来的是马家沟的芹菜,更离谱了,五小捆,据说上千块。之所以贵是因为太好吃了,之所以好吃是因为种植方法太讲究了。

先在大田里把芹菜野生化,等长出七八瓣芹菜叶子的时候再把芹菜心移出来,过程和做心脏手术差不多,然后胆大、心细、迅速地把心们移到提前备好的地窖里。地窖里的土壤、灌溉用水、空气质量、温度、湿度、透光度等各项指标都有机器的严格监控,一切一切都是数字化科学的培育。

两箱子菜几千块,我跟我妈说:"今晚炒钱吃啊!"一大盘芹菜上桌了,每人都说好吃,满屋子芹菜的清香。日子就是这么红火地过吗?第二天包"钱包子"!一百块一棵的大白菜切成山楂那么大块,肉丁用的是三十斤不到的小猪仔。这包子端上来更受欢迎了,半斤一个,每人吃俩还

不饱。日子就这么富裕得流油吗?

年一过完,又买回来了三块钱一棵的大白菜、五块钱一捆的老芹菜,谁都说没有味道,不香口。这年过的,把人心都过满了,把胃都惯坏了。明年怎么办?两箱菜得上万吧?人民币是这么贬值的吗?人的价值是这么往上长的吗?

要盛上万块钱的菜,就得换成金碗银碟子了吧?这菜是真值这么些钱还是被人咋呼得这么金贵?也是啊,菏泽的黑牛肉其实比神户牛肉好吃,可就卖不上神户的价。据说当年日本首相中曾根访华时就专门要了两头菏泽的黑牛,说中日人民友谊长存。这牛也是使者,回到日本与神户牛杂交,产出了全世界都在卖高价的神户牛肉。

好生意得这么做。

于是,我就理解了为什么胶州大白菜这么贵,到了年根儿还是供不应求。可我妈说,如今的大白菜再好,也好不过她小时候吃的霜降以后的大白菜,那个白菜味儿,连小鸡你都看不住。

于是画了一幅不值钱的大白菜。

顺子

我画画,顺子去裱画;我收画,顺子付画钱。两年了,顺子心疼钱哗哗地往外流,我说终有一天,钱会倒流,流进咱们家。顺子撇着嘴,一脸的不相信。

每次画裱回来,顺子先看,哪张好,哪张差,她说得八九不离十。两年春节回家,顺子带走六幅画,她的标准是只要大画,不管画的是什么。今年她爸搬新房子了,说要两幅画,我给她挑了一幅六尺竖幅的荷塘、一幅四尺斗方的孔雀。顺子看都没看就把孔雀扯出来,"不要这张,换张长条的。"显然是嫌四尺斗方小了。后来荣宝斋画展开幕当天,人家就把这幅孔雀买走了。我回来跟顺子说:"傻了吧?好赖不知。"倔强的顺子嘴硬:"那我也不后悔。"哈,肯定没说实话。

顺子家至今冬天还烧炕取暖。今年回家过年,她穿得像个球——冷啊!"回家干活去吧,一年了,家里不知得脏成啥样了。"我说:"干吧,回来歇着!"顺子走的时候,自己拿了一个家里最大最好的美国大箱子,轱辘像是铁饼,走起来轻省。东西也是她自己收拾的,需要的,家里有什么随便拿。哈,只有钱、存折和卡她拿不了,密码不知道。过日子那一套顺子在家比我权力大！我没那么蠢，职业的"高"不会把一个人彻底改变，除非这个人是个傻子。稍稍有点心的都知道，光荣就像手电筒的光柱，没有了电源，又是漆黑一片。

我和顺子两年前就说得减肥，七百多天，我们俩成功地减了三斤，一天减一个米粒也就我们这个速度吧？有朋友从西安带来一个大锅盔，顺子问我吃吗，我说："你先拿尺子量量，锅盔大还是咱俩脸大？"她没反应过来："当然是锅盔大了！""那，吃！反正有比咱俩脸还大的。"顺子烤上了大脸的锅盔，我画着大脸的她。

顺子的儿子跟顺子说："你别教育我了，你在倪萍阿姨家住着好房吃着好饭，你倒不用受苦了。"我把她儿子提溜过来："你母亲住着好房吃着好饭这不影响她教育你，你必须先学会吃苦，'吃亏'目前是你成长中最好的福。"我和顺子咬着牙不让他享福。其实，这小子已经沾了顺子的光了，要不凭什么在威海上一年两万多块学费的航海学校啊？这都是她母亲"住着好房吃着好饭"给他挣的啊！所以，起点真的没有高低贵贱之分，只要你奋斗，一切都能改变。

雀之灵

门头沟的家中来了一只雀,我为之欢喜。

灵之雀带来的美,享用一生。

要客

儿子把母亲送上了头等舱。

背了七八个包的母亲，欢喜地上了飞机。

儿子久久地站在那里。

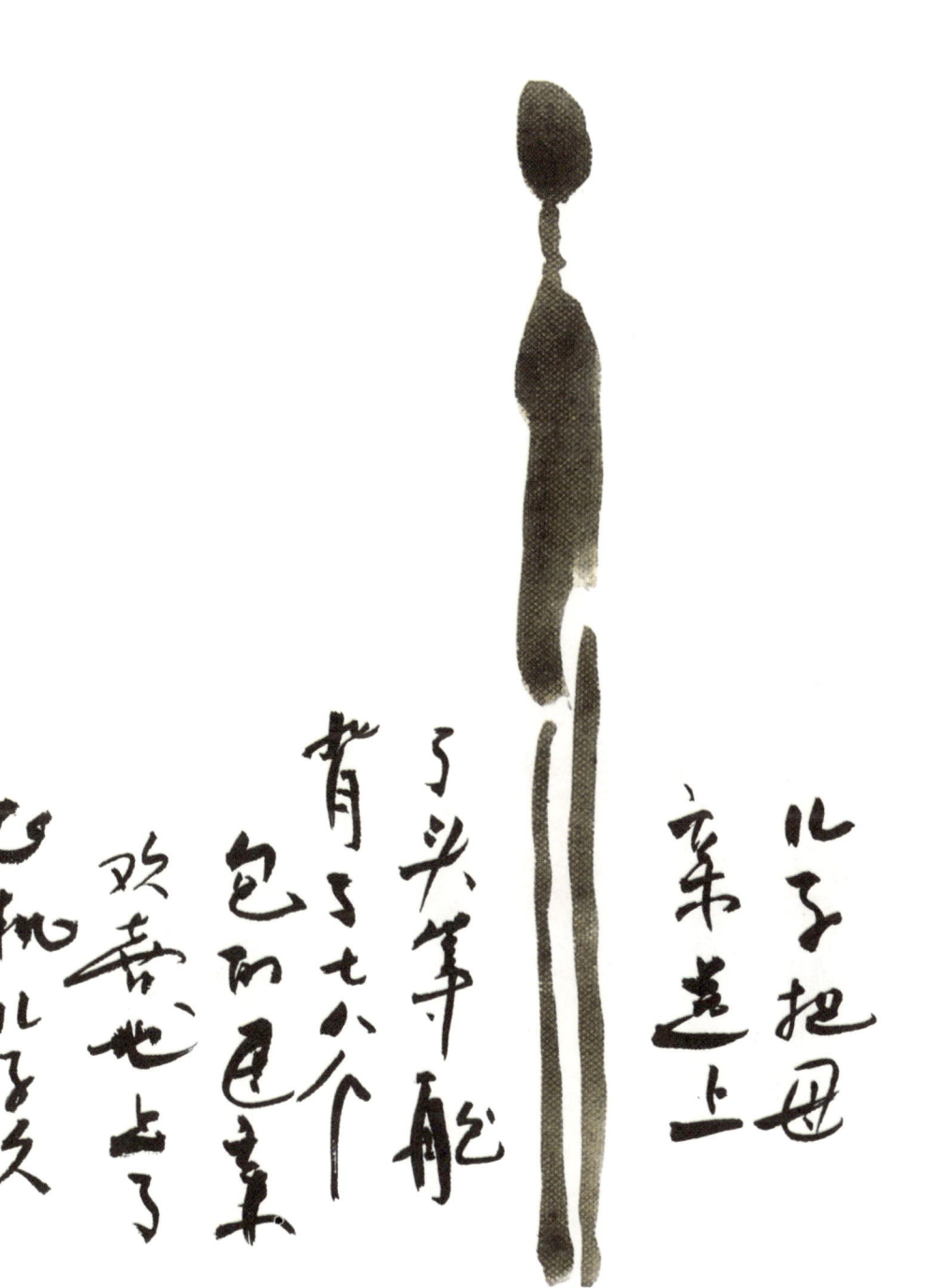

儿子抱母亲走上了头等舱看到七八个包包很生气欢喜也上了飞机儿子久

熬着吃的樱桃
千万别觉得别人都是傻子,真傻子不多,
有一个半个的也是装傻,傻里有善良,也有无奈。

熬着吃的樱桃

每次去新源里市场买水果,我都愁得慌。二十几个摊儿,一样的品种,一样的价钱,一样的呼喊。

"倪姐,今天的樱桃可甜了!"

"给儿子买山竹。"

"十三块。"

刚说要五斤,身后妹妹喊道:"倪姐,十二块。"这时,十三块的妹妹已剥开一个了:"姐,先尝尝!""倪"都去掉了,你想省一块都不好意思,只好许十二块的妹妹:"下次买你家的。"心想着,千万别让这一块钱弄得邻摊儿妹妹们别扭。

提着水果走到门口,十块的妹妹出现了:"倪姐,十块!一样的货!再买点儿!"

"好,好,下下次买你家的……"

天哪,怎么办?要是你,你怎么办?

所以,我现在去买土鸡都是每回买四只。顺子老说我:"最多买两只,吃完了再买!"她哪里知道这是四家的四只鸡啊!谁也不想得罪,那四个妹妹的笑脸不只是想挣你这十块八块的钱，那真是笑脸啊，咱不能给脸不接脸吧？

你说怎么办？

有些大事你会清楚地拒绝，那基本都是原则性的。就是这些可东可西的小事，反而让你不知道该怎么办了。

这就是日子吧？

日子每天都得过不是，所以我画画画累了，看书看烦了，依旧出门走走，路过菜场买把菜，看见水果就买一堆，还是常有的事。我们家三个人抢着买菜，我买的菜最不受欢迎，原因是花钱多；我妈买的菜最好，因为便宜；顺子是家里缺什么买什么，家里三令五申，要买什么先问顺子。

那天，受顺子指示，去菜场买三斤小黄花鱼。路过水果摊，热情的摊主姐姐介绍今天刚来了东北香瓜、海南芒果，盛情难却，我说买几个吧，进去买了鱼回来取水果。

继续往里走去买鱼，一堆摊位前，一大姐一把拽住我："你是倪萍吧？怎么这么老了？"说着哭开了："是不是过得不好？"

"过得不好还敢上这儿买小黄花鱼啊？"

大姐马上又笑了："对，挣那么些钱干吗不吃？买我家的，王铁成来都二十三，给你十七，十七是进价！"我挺感动的，凭什么关心你老不老啊，你是人家什么人啊？

买完鱼回来,水果姐姐已经把香瓜、芒果装好了,三十七斤香瓜、十五斤芒果!纸箱子装不下,四面的折盖竖起来。妈呀,这是要我再摆一个水果摊啊?!看着已捆绑好的大纸箱子,想拆开都得费点工夫。再看看水果姐姐那张笑脸,付钱吧,我们俩里准有一个是聪明的。

提着五十二斤水果回了家,先没进顺子屋,怕被呲一顿。算算家里一共四个人,平均每人得吃十几斤,火了!冬天的香瓜十几块钱一斤,芒果更贵,生活被水果姐姐算得太富裕了。我得跟我妈说香瓜是哈尔滨的朋友送的,芒果是海口的朋友刚下飞机捎来的,都不花钱。又火了,祖国处处是亲人,天无绝人之路啊!哈,这类的谎一年得和我妈撒多少回啊!

正想着怎么编呢,听见屋子里俩表妹说话,玲玲和凌云都在。更火了,三家分着吃!我妈看着这一大箱子瓜果:"你知道她们来?""嗯,水果姐姐知道。"

全家高兴地吃着水果,香瓜确实很甜,芒果确实很香。

改天又去买鱼,水果姐姐的眼神真好使,老远就喊住我:"老乡,美国大樱桃,可甜了。你先买鱼去吧,我给你装好,回来你取!"冬天的美国大樱桃?九十八一斤!我得刷卡了。

"今天就来了一箱,都给你装上吧!"一副不要钱的口气。

"不够,我得来五十斤!"

这回水果姐姐愣了,半天才缓过神:"那还真没有,你明天来拿吧,我再进四箱。"

又愣了半天,水果姐姐像是对我说又像是自言自语:"要那么多樱桃怎么吃啊?"

"熬着吃。"

姥姥说过:"有心眼儿的人是知道人家都比你有心眼儿。"头一遍听是绕口令,仔细琢磨是口令。姥姥说得真对,千万别觉得别人都是傻子,真傻子不多,有一个半个的也是装傻,傻里有善良,也有无奈。

雨中曲

刮风下雨的日子对我来说就像节日,风雨中无遮无拦地走着,内心的欢快无法用语言表达。从小就是这样,老了还这样,这算是与众不同吗?

那天从昆仑饭店往家走,本来想打车,可一出门雨点就洒在了脸上。节日来了,走回去!

不长的路上发生了三件事,像部连续剧。

先是碰上一家三口。年轻的父亲背着个七八岁的孩子,身边走着更年轻的妻子。妻子用一块毛巾遮住孩子的头,一幅温馨的雨中曲,让人羡慕得不得了,幸福温暖全有了。

但却怎么也想不到,年轻的父亲拦住了我:"大姐,孩子还没吃晚饭呢,帮我点儿钱吧!"我目瞪口呆地不知如何回答,因为他们看上去穿得不错,起码儿子脚上是一双新的耐克球鞋。我本能地从兜里掏出二十块钱给他,然后慌忙地"逃走"了,夜色里怕他们认出我来。

过了燕莎桥我才停下来,回头张望那一家三口,他们还在红绿灯的那边。下着雨的马路被车灯映照得很华丽,三口之家的温暖却没有了。

雨是天上之神水，云中之甘露，宇宙之精灵，大地之命脉。人类得于天水而生生不息，延年后代。水的元素、水的清液，让生命如此之化了，美如此之化，沉而如此之坚韧，水之平淡之平凡之普通。

金成门成也

我后悔刚才给少了，二十块钱吃什么饭？车行红灯亮起的时候，我又返回了，想再送去一百块钱。大桥底下，我们擦肩而过，他们几乎是跑着过了路口，目光朝着前方。红灯灭了，车流再次把我们隔开了。

三环南北向路口的绿灯时间很长，我是看着他们消失的。省了一百块，心里更后悔了。来北京给孩子看病？这样年轻不可能靠要饭为生。骗子？面相上怪老实的一家。咳，胡思乱想什么。

继续雨中行，衣服刚刚湿透，心灵才打开。节日里的我下意识地把背着钱的包挪到了胸前，有一点儿节日的不安全感。

走到德国小学门口，一家三口再次出现了，仍在向路人要钱。听不清具体说什么，但能看清他们的衣服也被雨水浇透了。相信他们不是骗子吧，我心里的那份难受被雨水冲刷着，第一次觉得下雨天其实没那么好。

雨下大了，浇在脸上有点挡视线。马路对面一对年长的夫妇一人打着一把伞在人行道上走着。两个人突然停下了，男人举着伞向我挥动，女人喊："给你一把，我们俩用一个就可以！"看不清他们是谁，我摆了摆手："谢谢，快到家了，不用！"男人要过马路送伞来，又是被红绿灯挡住了。车灯亮着，我认出来了，是我们院儿的邻居。

我跑了，在雨中跑得很帅。雨声、雷声像是命运交响曲，麻木的心灵开始有了音符，这不就是我想要的生活吗？自由自在，自我陶醉，自我张狂。趁着黑夜，借着神水，谁在乎谁呀？不再是妻子，不再是母亲，不再是女儿，更不再是名人，不再是善良，不再是好人，一个完全裸奔的女人。

一辆吉普车从天而降，天哪，差点儿撞上！女司机开窗就喊："倪姐，快上车，我送你回家！你怎么了？这么大雨……"儿子同学李新哲的妈妈，一个很漂亮的女人，我们同住一个院儿。

"马上就到家了，我一上车，你那车座就全湿了！"

"不怕，快上来！倪姐，你怎么了？没什么事吧？"大雨中我看到了她的担心，也看到了她的惊愕。

我还是跑了，速度更快了。

天空的炸雷追着我，我有点儿怕了，但我依然觉得此番情景在人生中是难得的。你见过吗？一道划过整个夜空的闪电像一盏巨大的灯，瞬间把大地照得如同白昼，紧随其后的炸响让你产生错觉——地球爆了……

回到家，脱掉所有的衣服，被温柔的水冲洗得干干净净，心也平了。喝杯热水，日子又恢复了常态。

窗外的风雨拍打着玻璃，你还有勇气再出去吗？

北京的爷

上了出租车我就跟师傅说:"前面红绿灯往右拐。"说了三遍师傅也没应声。

"师傅,你睡着了?"

"死了。"

妈呀,一具尸体拉着我满街跑。

"在昆仑饭店这儿堵一上午了,这车就没动乎,我都快睡着了。大街上跑的全是送礼的车。"

"快过年了嘛,可以理解。"

电话响了。

"眼珠子是摆设啊?没看见水池子上有条鱼?……怎么不够?剁五段,我吃两段,儿子吃一段,头尾你一收拾,焖上一锅大米饭。……买什么黄瓜,这几天齁贵的!"

电话挂了。

"师傅,你爱人的电话吧?她也开车的?"

"全职太太。"

我倒吸了一口气。做得起全职太太的,丈夫都是所谓的成功人士,至少一个人可以养活全家呀!

"那你一个人挣钱挺辛苦吧?一天在车上多久?"

"十二三个钟头吧。"

"哦,那不容易!"

电话又响了。

"二十八再买。……贵也得买啊,今年多买!那脆黄瓜一咬,满车清香,想困都睡不着了!今年要是跟去年一样再下雪,七八个钟头都到不了,多备上点儿,五斤差不多吧。……你愿意吃柿子可以买俩,我不吃,齁酸的。……儿子吃黄瓜!"

电话又挂了。

"师傅,你这是要去哪儿啊?七八个小时?"

"内蒙,丈母娘家。哥们儿年年去,十六年了,一年也没落下。"

"你对丈母娘不错呀!"

"嘿,人家把闺女给咱了,一年就见这么一回,还不麻利儿的!老太太好几个闺女,就我们这么远。咳,老太太就喜欢我们家这位,打从小年老太太就盼,好吃的恨不能给我们留上一年。"

"也挺好,在内蒙过年比在北京有意思吧?"

"忒有意思了!那大锅里煮一块羊肉就够全家十来口子吃的。"师傅双手松开方向盘比划着。天哪,比风挡玻璃还大,真夸张。

"那才叫吃肉呢!一天三顿酒,早起我丈母娘就把酒烫上了,喝得差不多了在热炕上眯一觉,舒坦!逮空我就在院里点上挂鞭,噼里啪啦一

响,热闹啊,旺兴啊!

没事我就拉着老太太出去转,一里的路我也开上车,显摆呀!车不咋地,可那是村里独一份!见谁我丈母娘都叫停车,不管去哪儿都拉上人家一段,'坐坐北京的车啊'!"

"有一回我拉上了八个人,跑了五里路都不知人家要上哪儿,反正就瞎跑呗!"

"那你得打表啊!"我逗师傅。

"这哪是咱北京人干的事儿?得装阔气,北京爷嘛!"

"你丈母娘特为你骄傲吧?"

"不是我丈母娘骄傲,是我媳妇骄傲。嗬,那几天对我那好啊,小眼都眯成一条缝了,扒都扒不开!"

"那在北京她对你不好啊?"

"必须好啊!只要我进了门,她就啥也不干,全伺候我了。别看我在外头是孙子,在家里绝对爷!这不,买个菜都得问我。"

"那你老婆挺幸福的,这么年轻就不工作了,全职太太。"

"行吧。我一天多干俩小时就让她全职了。一女的起早贪黑的上什么班啊,躺累的,还得管孩子学习。这全职太太多好啊,风吹不着,日晒不着的。"

电话又响了。

"就这么点屁事,费多少电话钱,挂了!"师傅语气很霸道。

"对媳妇够横的啊?"

"她没啥事,就是想听听我声儿,黏人!"

我半天无语,一直看着师傅的后脑勺,脑袋里满是胶。黏人,多幸福的一对儿啊!

这不也没比那些大企业家们差哪里去吗?不也是一言九鼎的老大吗?这不也是家里藏着个幸福的妻子吗?不就是挣的钱小数点点得不在一个位置上嘛,重要吗?不也是一日三餐吗?不也得过年走亲访友吗?

"师傅,你们家那条带鱼多大呀?还能剁出五段?"

"一看你就没吃过带鱼!带鱼越小越好吃,那大带鱼肉都忒面。"

"你怎么得吃两段?一般是儿子多吃。"

"嘿,他们又不开车,我们家靠我挣钱呢!"

"那你一月能挣多少?"

"说实数说虚数?"

"当然实数了。"

"刨去交公司的,刨去油钱……"

"再刨去三顿饭钱?"

"别价,我天天家里吃,我媳妇顿顿给我做呢,那热乎乎地吃上一碗,怎么也比盒饭强！我媳妇该怎么论怎么论，对我那是百分百！一星期饭不带重样的，就三顿面都不一样，早上酸汤面，中午抻面，晚上捞面，那吃不够啊！绕路我也顿顿回去，吃了饭顺便看眼媳妇，这一天我舒坦，她也高兴！人不就活这俩字吗？"

有多少人真正明白活着就是"高兴"这两个字值钱？师傅算弄懂了吗？

我快下车了，竟有些恋恋不舍，师傅的幸福很黏人。

师傅提前把计价器抬起来了，我说："别，还得几百米呢！"

"打印票忒慢，耽误工夫。我这会儿还得上我妈那儿躺会儿。"

"累了吧？"

"不是。这不要上内蒙过年吗，年前多去几趟我妈那儿，老太太心里不是舒坦点儿嘛！事儿多着呢，下午还得去稻香村买点心。跟你说吧，年年回内蒙，我这车都跟货车似的，后备箱恨不得都盖不上。"

"都拉什么好货啊？"

"二锅头、粉丝、酱鸡架、烤鸭、排叉……什么都有，这不老太太看着高兴吗！"

高兴。真心的高兴。真好。

黏嘴的苹果

坐出租车去三里屯,车很干净,师傅很健谈。

"一听声音就知道你是倪大姐。"师傅头也没回,话说得很肯定。

"闻着车里的香味了吧?"

"嗯,闻着了。"我嘴里应着,心里想着别的事。

一个苹果被师傅反手递到我眼前:"正宗的'金元帅'!我们平谷就出两样好东西,五月份的大桃,十月份的'金元帅'。别看你是名人,你绝对没吃过。"

我笑着接过来:"谢谢了,师傅。"

什么苹果我没吃过?苹果树下长大的我!

师傅又说开了:"倪大姐你吃吧,绝对的好苹果,甜得能把你嘴黏住。那果汁顺着嗓子流下去,比喝蜂蜜美!"

我笑出了声:"这么好的苹果,你们平谷怎么不拿到城里来卖呀?"

"还卖?开花那会儿就叫明白人包走了。我们吃的这都是有点小毛病的,就这还六块一斤!今儿不买明儿就不见了的好东西,就那么十几棵树。我们家买了一筐,我媳妇每天让我带俩上车。今儿早上我吃了一个,这个碰上你了,倪大姐有口福!"

妈呀,吃个苹果,算有口福。

我举着"圣果"回了家,进门把苹果切成四瓣。"儿子,有什么话快说啊,一会儿嘴巴黏住了!"

儿子问:"黏嘴干吗?"

"这个苹果吃了之后想张嘴都张不开了。"

"那你先吃,省得你再问作业的事。"

妈、顺子、儿子、我,四个人小心翼翼地吃着这四瓣黏嘴的苹果。只有妈捧场:"真是黏嘴!"

"姥姥,黏嘴你还说话?"

心里被甜黏住了,一个苹果甜了全家。

吃完了,儿子还要,当然没有了。姥姥说:"明天买去。"

上哪儿买?有些东西你多有钱也买不到啊。

什么值钱?什么不值钱?本来都是些小道理,可一说出来就成大道理了;而有些大道理,说着说着就变小了。

第二天蹭小刘的车回家,说起黏嘴的苹果,小刘吃惊地看着我:"倪老师,你真够幼稚的,胆儿也太大了!你也不认识人家,给你吃的你真敢吃啊?现在什么人都有,你不怕……天哪!"

她那惊恐的眼神把我的心黏住了。

黏嘴的苹果

心里被甜黏住了,一个苹果甜了全家。

婆婆丁

　　婆婆丁的样子很像睡莲,厚厚的叶子肥嘟嘟的。
花蕾很弱小,颜色是黄绿的,淡雅却很醒目。

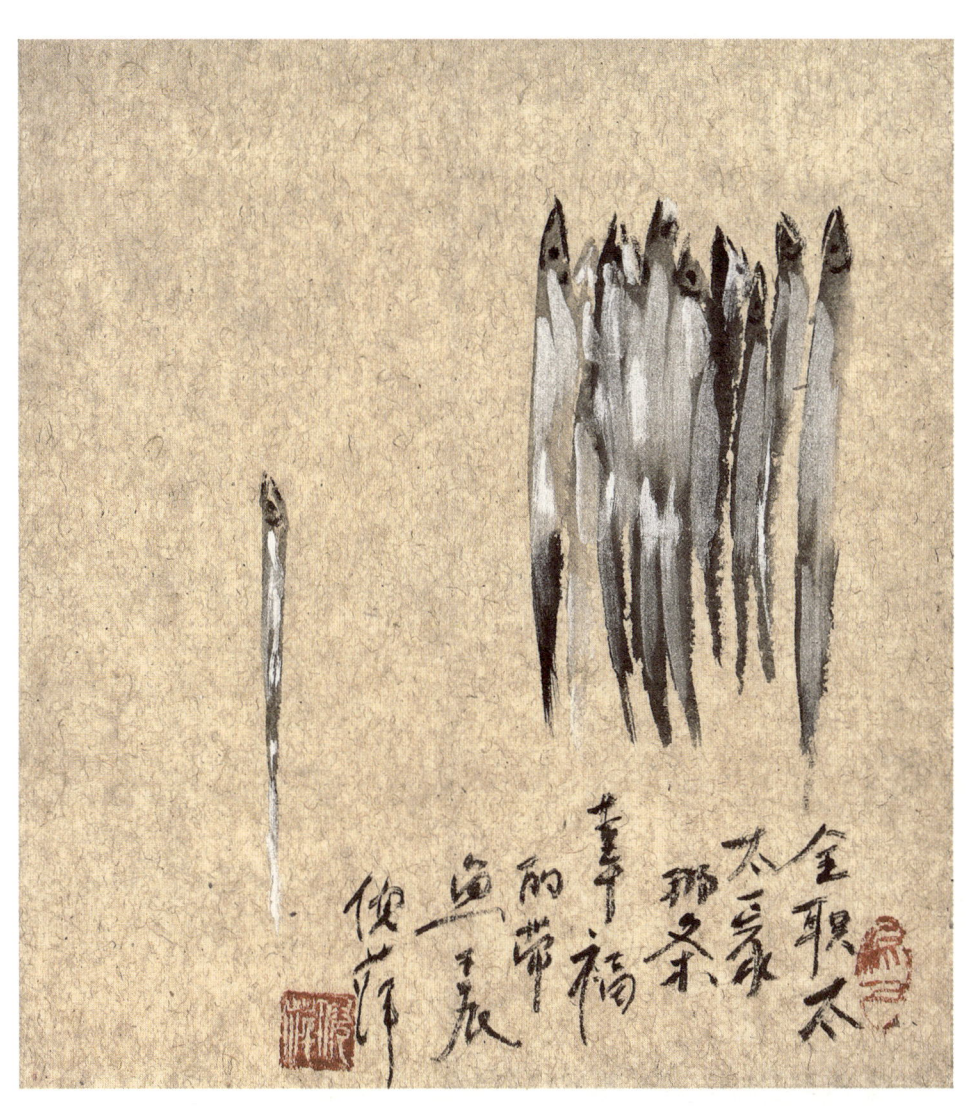

全职太太一家那条幸福的带鱼

多少人真正明白活着就是"高兴"这两个字值钱?

北京的爷的幸福很黏人。

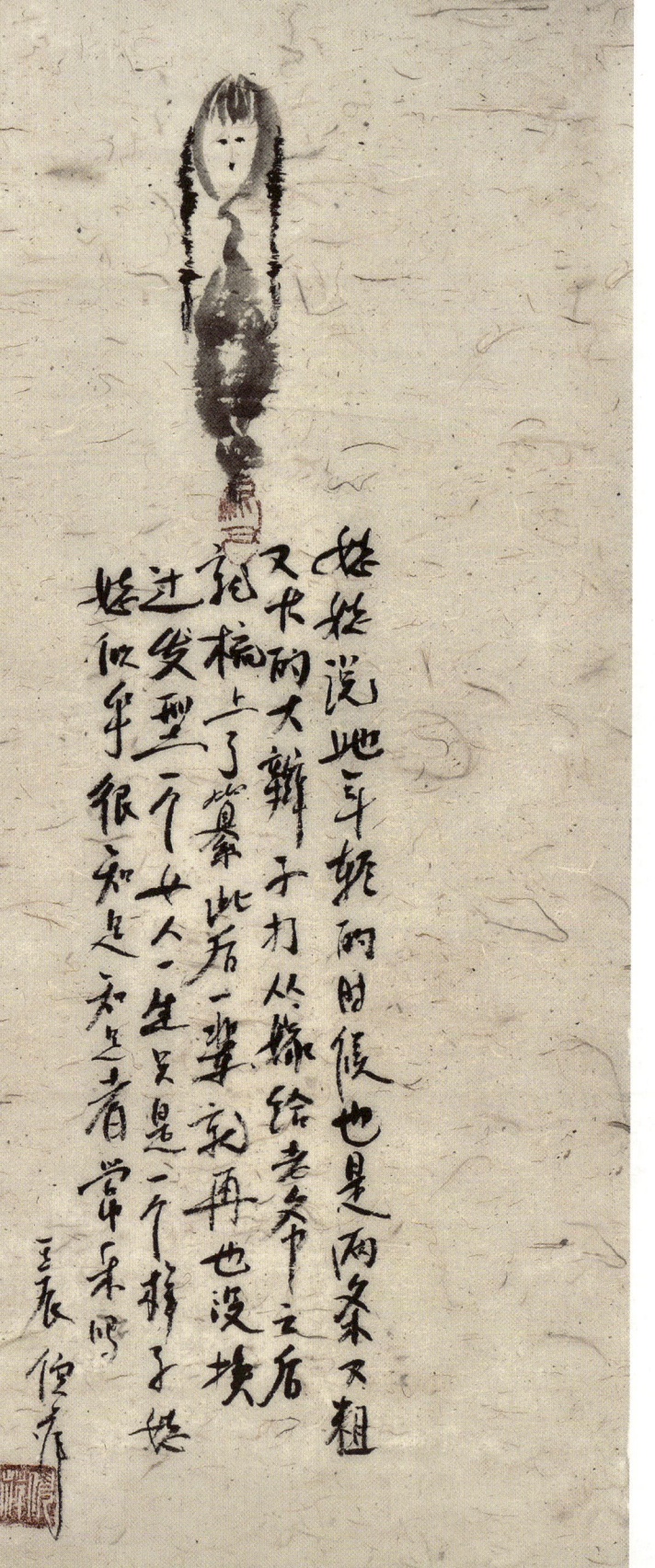

姥姥的相片

姥姥说,她年轻的时候也是两条又粗又长的大辫子,打从嫁给姥爷之后,就梳上了纂儿,此后一辈子就再也没换过发型。

一个女人一生只是一个样子,姥姥似乎很知足。

知足者常乐吗?

日子，
是爱与被爱

姥姥的相片

姥姥对画的评价很民间也很到位。

没有神采的鸡鸭鹅画得再有形,姥姥也说:"这怎么都吃药了?"没有动感的花草,姥姥会说:"这都没有根儿。"

于是,我画画的原则是可以不像,但得有生命。

太像也像不过照相机,太没形表达不了画者的初衷。中国画的写意恰恰提供了这样的空间,最简单的因子构成最复杂的意象。

一直想画姥姥家的老房子,那里是我住过的最温暖的家。

一进门,正厅左右是两口大锅,大锅的两堵墙隔成了东西两屋,两屋连着大锅的是两铺永远热乎乎的大炕。炕上的被子、褥子摆得齐齐整整,炕席很旧却油光锃亮,炕沿儿上系着一把扫炕的笤帚,笤帚边有个针线笸箩。姥姥是个干净利落的人,穷得有秩序,穷得心静。两炕的对面柜桌上摆的全是相片,上色的、黑白的,方的、圆的,相片上全是姥姥的孩子们,有当兵的,有念书的,有红卫兵,有红小兵,一派人丁兴旺的景象。

在一堆相片里,唯独没有姥姥。

姥姥说，她年轻的时候也是两条又黑又粗的大辫子，打从嫁给了姥爷，生了这群孩子，她就梳上了纂儿，这辈子再也没换过发型。

那时候，我整天拿着树枝子在地上画，有一回把姥姥的大辫子从门口一直画到院子里，辫子长得像一条大河。姥姥一天里进出无数趟，每回都踮着小脚绕着"河"走，"可别湿了俺的鞋！"鸡鸭从"辫子"上走过，姥姥都把它们轰走："别踩着我的辫子，生疼的！"我的欢喜来自姥姥的假戏真做，每天都有赞美，每天都有夸奖，这样的孩子能不自信吗？

如今姥姥走了，没有了夸奖，也少了赞美。我拿起笔来画了姥姥一张梳辫子的相片，心里一阵阵地发酸。

穿裙子的姥姥

"姥姥,你一生连个裙子都没穿过,多遗憾啊,白做女人了!"

"围裙也是裙子。"

笑死我了,围裙也是裙子;哭死我了,好日子姥姥都没赶上。

姥姥活着的时候我还没开始画画,偶尔拿铅笔在本子上画点儿什么,画的常常都是裙子。

有时逗姥姥:"喏,这是给你新买的一条裙子,穿上试试。"

姥姥笑,我也笑。

聪明的姥姥后来也逗我:"再给我画条裙子!"

"那天不是给你画了吗?"

"那条穿旧了,再给我画条新的!"

我心里挺不是滋味的。

如今开始画画了,画中的女人大都是穿裙子的,盼着姥姥来世不再把围裙当裙子。

婆婆丁

早年间姥姥住的是草房子，房顶常年不翻修，草上落了土，土里又刮进了种子，种子再发芽，房顶就开花了。花开得茂盛，房顶就像个大花园。

小舅舅牺牲的那一年，房顶上突然长出了一大片婆婆丁。

婆婆丁的样子很像睡莲，厚厚的叶子肥嘟嘟的，它们层层叠叠地挤在一起，不留任何缝隙地包围着花蕾。花蕾很弱小，颜色是黄绿的，淡雅却很醒目。

长了婆婆丁的草房子像个宫殿，从里面走出来的本该是公主和皇上，可家中每天里出外进的就是一黑一白，黑的是姥姥，白的是姥爷。

打从小儿子没了，他们俩好像都没换过衣服。姥姥整天穿的就是那件大襟的黑秋夹袄。姥爷每天都披着那件羊皮袄，只是不知为什么他把白羊毛反穿在外，村里小孩背后都笑他："怪头怪，反穿皮袄毛朝外。"

突然有一天草房子着火了，是姥爷用火柴点的。

姥爷疯了。他站在房顶上对着婆婆丁摆出用机枪猛烈扫射的姿势，"缴枪不杀，缴枪不杀……"。姥爷像电影《地道战》里的高老忠一样，老泪纵横。这是我第一次见姥爷哭。

望着像踩平地一样在房顶上来回折腾的姥爷,你相信他真的疯了。你看他一只脚在房顶上,另一只脚已经悬在房檐底下了,姥爷居然没掉下来,有人以此断定姥爷没疯。

姥姥说:"心疯了。"

只有婆婆丁知道姥爷疯了。从前那么心疼院子里一花一草的姥爷,如今把房顶上的婆婆丁拔得一根毛也不剩,姥爷称这是斩草除根。

疯了的姥爷一天上房顶好几次,摆着同样的姿势,说着同样的话。拔光了婆婆丁,他又开始拔房上的草了。姥姥说:"好哇,把房子拆了能把儿子换回来,也上算啊!"

拔累了,姥爷就躺在房顶上睡觉,像睡在炕上一样,盖着皮袄,打着呼噜,看上去睡得很香。家里如果找不着他,就看看房顶吧,他一准在那儿。只是你见不到他,因为他躺在人字房顶的另一半。

那天我上房顶叫姥爷吃饭,这才知道,这个草房子顶没点儿本事是上不去的。脚下的草是软的,你根本蹬不住,手上又没抓头,只能慢慢爬。房顶斜着,让你恐惧。莫非快七十岁的姥爷有飞檐走壁的功夫?姥爷没疯,叫他吃饭的时候,他还说:"有本事把你小舅叫回来吃。"

几次我想讨好他,宽慰他,可几次都发现他更加愤怒了,愤怒之后是哭不出的眼泪。我试着给他倒酒,倒多少姥爷喝多少。酒喝没了,我灌上白开水,姥爷也照样喝,也喝得满脸通红。姥爷真的疯了。

人吞咽痛苦的方式真是不一样啊。不爱说话的姥爷更没话了,眼珠子通红,像是随时要发射的两颗火炮。姥爷烧了房顶烧蚊帐,连他自个儿的那件皮袄都烧得满身是洞。这个响当当的军烈属成了村里最可怕的人,小孩躲着他，大人不搭理他，姥爷像个幽灵一样每天走村串乡。

想想曾经的姥爷领着我去集上的小馆子吃猪头肉，想想曾经的姥爷给姥姥买俩面瓜举在手里走三里地……姥爷啊姥爷，你为什么不能像姥姥一样把苦水吐出来？为什么不能把曾经的幸福和如今的苦难在心里搅拌一下啊？你不是还有五个好儿好女吗？军属和烈属不就差一个字吗？

十二岁的我真的不懂什么是爹、什么叫娘，却亲眼见过这个军人的父亲送儿子参军那天的景象。眯着眼睛的姥爷似笑非笑的样子，一直围着部队接兵的卡车转。当部队首长和姥爷握手行军礼的时候，姥爷的双手不知该放在哪里，一个劲儿地搓，一个劲儿地攥，脸上写满了光荣与自豪。

疯了的姥爷上房顶更勤了。看着他在房顶上深一脚浅一脚的，我们都害怕。姥姥说："早晚得摔死。"

没摔死的姥爷竟是婆婆丁救的命，那是他喝酒最多的一次。姥爷双脚在房顶上，半个身子却已掉到房檐下了，死死绊住他的是一大堆深埋在房草里的婆婆丁。婆婆丁肥厚的叶子相互抱在一起，这回抱住的不是它们的花蕾，而是姥爷的脚。

婆婆丁有这么大力气吗？是竭尽全力地抱着吗？谁都不信。姥姥说："这是小舅派来的婆婆丁，都是当兵的出身，有的是力气。"家里人都相信了。

家里有个疯子，全家就都疯了。

一个秋天的傍晚，太阳将要落山的时候，姥爷终于不疯了，他的心脏停止了跳动。姥爷走的那天，家里人谁都没哭，只是棺材抬到门口的时候，姥姥打了小姨一巴掌。"那怎么……你爹出门的时候，你们不该哭上一声？"

小姨哇的一声哭了，哭得收不住。

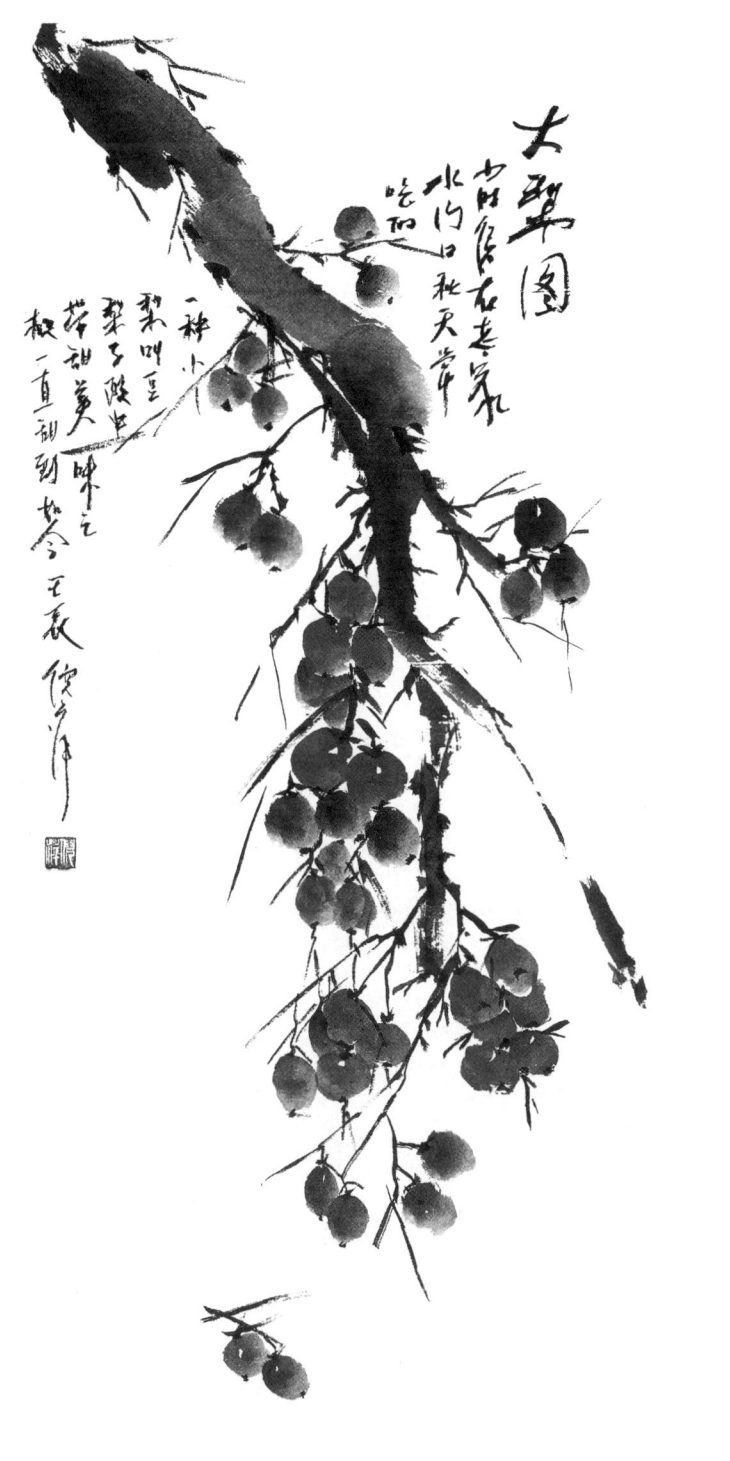

最长的三里路

一生中走过很多路，最长都走到了美国的纽约，可记忆中走不够的却是从崖头长途汽车站到水门口姥姥家门口那条三里长的小路。

从一岁到三十岁，这条路来回走了一百多趟，走也走不完，走也走不够。

第一次单独走，也就六岁吧。

六岁的我，身上背了大大小小一堆包，胳膊挎的、胸前挂的、背上背的、手里拎的全都是包，三百六十度全方位被包包围着，远看就像个移动的货架。

包里装的没有一件是废物，对于居家过日子的姥姥来说全是宝。肥皂、火柴、手巾、茶杯、毛线、被单、核桃酥、牛奶糖、槽子糕……最沉也最值钱的是罐头，桃的、苹果的、山楂的……口袋里被母亲缝得死死的是钱，这一路我不知得摸多少回，生怕丢了。

每次到了家门口，姥姥都会说："小货郎回来了。"姥姥说这话的时候，眼睛转向别处，听声音就知道她哭了。先前姥姥说滴雨星，后来我说下雨了。

六岁到九岁这三年我不知道为什么看见这么多好东西姥姥会哭,九岁之后就懂了。

三里路,背了那么多包,按说我是走不动的,可我竟然走得那么幸福,那么轻盈,现在回想起来还想再走一回。

那时候,到了崖头镇,挤下长途汽车那窄小的车门,得好几个人帮我托着包。有几次我都双腿跪在了地上,瞬间又爬起来,双手永远护着那满身的包,起来还没忘了说谢谢。也常听见周围的人说:"这是出外的女人回来了!"他们没看清楚被大包小包裹着的那个高个子女人,其实还是个孩子。

背着包的我走在崖头镇的大道上,简直就是在飞。但快出镇口的时候,我的步子一定是放慢的,为了见见彪春子。

这是一个不知道多大岁数的女人,常年着一身漆黑油亮的棉袄棉裤流浪在街头。用今天的话说,彪春子就是一个"犀利姐",全崖头镇没有不认识她的。老人们吓唬哭闹的孩子常说:"让彪春子把你带走!"小孩儿们立马就不哭了。但同是小孩子的我不仅不怕她,在青岛上学的日子还常常想念她、惦记她。

八岁那年,又是独自回乡,我在镇北头遇见她了。彪春子老远就跟我打招呼,走近才知道她是向我讨吃的。七个包里有四个包装的都是吃的,可我不舍得拿给她。彪春子在吃上面一点儿也不傻,她准确无误地指着装罐头那包说:"你不给我就打你!"

我哭了,她笑了;我笑了,她怒了。

没办法,我拿出一个桃罐头给她。聪明的彪春子往地上一摔,桃子撒满地,她连泥带桃地吃一嘴,你这时候才相信她真是个傻子,连玻璃碴儿吃到嘴里都不肯吐出来。很多年后我都后悔,怎么那么小气,包里不是有大众饼干吗?

见了三里路上第一个想见的人彪春子之后,就快步走了,直到想看看"两岸猿声啼不住"的丁子山,我又慢下来了,舍不得"轻舟已过万重山"。

不高的山崖层层叠叠绿绿幽幽,几乎没有缝隙地挤在一起,山下是湍急的河水,一动一静,分外壮丽。再往前走到拐弯处是一个三岔口,从东流过的是上丁家的水,从北流过的就是水门口的水了。从没见过黄河的我以为这就是天下最大的河了。走到这儿我更是舍不得走了,常常一站就是几分钟,看那些挽起裤腿提溜着鞋袜过河的男女老少,有的站不住会一屁股坐进水里。这番景象是我心中说不出的乡情。

再往前,我的心和脚就分开了,心在前,脚在后,就像在梦里奔跑,双腿始终够不着地。

三岔口往前走两分钟是水门口最大的一片甜瓜地,清香的瓜味牵引着我想飞过去。

"小外甥,回来啦?先吃个瓜吧,换换水土!"

看瓜的叔伯舅舅几乎每年都招呼我在这儿歇会儿,有一年他根本不在,我却也分明听见喊声。依旧是那个老地方,依旧没卸掉身上的七八个包,依旧是不洗不切地吃俩瓜,然后站起来往前走。你说是那会儿富裕还是今天富裕?从来没付过瓜钱,也从来不知道那大片的瓜地怎么没有护栏。

水门口的河道不宽,两岸远看像是并在一起的。夏天河床上晾满了妇女们刚洗完的衣服,大姑娘小媳妇举着棒槌,捶打着被面,五颜六色真是怪好看的。用不上一百米我就能看出这里有没有我认识的,通常我不认识的都是些这一年刚过门的新媳妇,剩下的基本都能叫出名字。我一路叫着舅妈、喊着舅姥地快速走过她们,因为这条路离姥姥家也就一百多米了。

这一百多米的路实际上是水门口村果园的长度,这里的苹果树树枝和果子基本都在园子外。谁说"一枝红杏出墙来",分明就是"棵棵苹果关不住"。

最后的十米路是姥姥家的院子。先是路过两棵苹果树,每次也都是从这儿开始喊姥姥,等走过了长满茄子、辣椒、黄瓜、芸豆、韭菜、小白菜、大叶莴笋的菜地时,我已经喊不出姥姥了,嗓子里堵满的都是咸咸的泪水。

三米的菜地恨不能走上三分钟,绊倒了茄子,撸掉了黄瓜……红的柿子、绿的辣椒姥姥全都没舍得摘,就等着我这个出外的城里人回来吃。欢呼啊,豆角们,欢笑啊,茄子们,满眼的果实,满脸的笑容。

一个梳着小纂儿的姥姥出来了,我的三里之路走到尽头了。

我到家了。

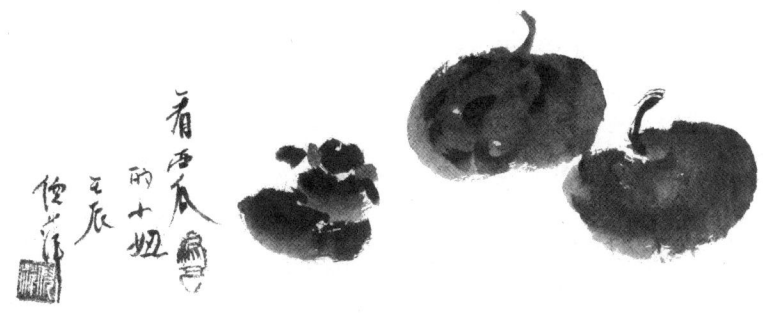

母亲的日子

八十岁的老太太,中指戴着钻戒,手里补着袜子,已经是第三块补丁了,还要往上缝。给一米八六的外孙买一套睡衣花十五块。一条三十五块钱的毛裤说是纯羊绒的,愣要给家里每人买一条。四个人吃饭,坐五站公交车上小南街买菜——那儿便宜。

这个老太太就是我妈。

一摞一摞的大钱放在她抽屉里,可她就这么省着小钱。当了一辈子会计,最多的时候都掌管过几千万的资金,怎么这么把钱当回事?

这是她心疼我的方式。

"挣个钱多不容易!"

我已经很夸张地告诉她,我挣钱不用出大力、不会汗流浃背,天下哪有比这还便宜的事?我妈不信,也不肯信。爱超越了一切。

看着母亲把一团火红的日子过得"破破烂烂",我心里的那个起急无法用语言表达。你看嘛,十五块钱的睡衣我儿子一宿就睡开了,裤腿撕成了一个片儿。顺子穿上"羊绒裤",噌噌生电。我说快脱了吧,待会儿再自焚了。只有我妈,一冬天都穿着"三十五",三十五块钱要是能买条纯

羊绒裤,那得倒闭多少羊绒厂啊!我看着心疼,却也来气。真的羊绒裤在柜子里躺着,八十岁了,什么时候穿?

花十五块比她花一百五心里舒服,穿三十五块比她穿三千五舒服——心里舒服。这么一捋,我也就不纠结了。每个人心里舒服的那根筋都不在一条线上,何必用常规去拧巴呢?

我在房间的地板上给我妈盘上了东北大炕,这是为了舒服。日子不就是舒服才符合人性吗?我妈由大炕说服了我。

大炕的墙上挂着俄罗斯油画,我妈打太极拳的时候耳朵上挂着我儿子扔了的MP3。不管是否情愿,每个人都被时代裹挟着往前走,自己绊自己,自己推自己。总是摸着自己的心活着,不也挺好吗?什么是孝顺?先顺吧!

给我妈屋里搬上皮沙发,很快就被两只猫抓成翻毛皮沙发了。野菜刚一露头,她就开始到处挖,像野人一样,挖着野菜、摘着野菜、吃着野菜,找着事把自己的一天安排得满满当当。她多羡慕那些每天上班的人啊,退休近四十年了还不习惯闲下来,多么有事业心的一位老同志啊!每天饭桌上是我妈给我们说新闻的时间，即使知道了的事也让她从头说去，人老了得有人交流。

我在银行里所有的账都是我妈打理，我也真佩服她，八十岁了，清清楚楚地把我的账全管了起来。经常有车把她送到家门口，偶尔也会带些礼品回来，全是银行的商标。八十岁的母亲还热火朝天地炒着股票，几个老太太开一大户室，我们从来不问她赚了还是赔了。密密麻麻的股市行情我妈全用放大镜来看，那份认真一辈子影响着我们，可她又发自内心地不愿意让我们也这么累。

去年她和家里人去欧洲旅游，回来后说再也不去了。我们笑她是不是找不到十五块钱一套的睡衣，她说不是，是舍不得花我的钱。

"我留那么多钱干吗？"

"将来上个世界上最好的养老院！记住，孩子，孝顺这事啊，一代不如一代了。"这是母亲对当下的失望，也是母亲的清醒。

难道以后就只有自己孝顺自己了？

姥姥的老家

一个梳着小纂儿的姥姥出来了,我的三里之路走到尽头了。

我到家了。

喜秋

王倪 作

儿子偶尔也拿起笔画两张画,孩子的画让大人吃惊。

天才!用色大胆得吓人。

和他一比,我简直拘谨得一塌糊涂。

儿子的画

儿子是上学比较让人省心的那类学生。

我却是给儿子添麻烦的那类家长。

三天两头地被偷拍,有事没事都能在网上被娱乐一番。

儿子打篮球被撞流鼻血了,两块棉花塞在鼻孔,被拍成是流着两行鼻涕的傻子。去面包店咨询怎么做吞拿鱼三明治,从头到尾被网友直播。带孩子去理个发,儿童三十,我们得九十,说孩子高,给他理的是成人头。我说给我们再剪回三十块的吧,我们才十一岁,又在微博上被揶揄了一番。冬天下雪接孩子,家长们都拿着围脖手套,三十秒就能像捆行李一般把孩子打成一暖包,怕的是孩子受冻。我们想在风雪中让孩子知道什么是冷,想让孩子自己体会暖的反义词是什么,再次遭遇说三道四。带孩子坐地铁,在人将要被挤成照片的车厢里还被强行拍了,拍得不清楚,说得更不明白。

如今我和儿子都习惯了。篮球比赛回来,儿子说:"快跑,对面有个拿照相机的叔叔!"

几乎所有的安慰都是那句"谁让你是名人呢",慢慢地,"谁让你是名人呢"也成了我和儿子相互宽慰的一句话。突然有一天,儿子说:"我将来不当名人。"我们都笑了。我笑他幼稚,谁让你当名人了?认真地问儿子为什么,儿子也认真地回答:"名人不能做坏事,不爽!"

孩子看事有时比大人更透彻。

想替孩子选一个好未来,这是当爹当妈的一个基本愿望。

我盼望儿子画画。

像拿着条小鱼引着猫往前走一样,我的画室永远对儿子开放着,他啥时进我都欢迎,怎么涂抹我都不嫌乱,画得多差我都说好,可他依然没多大兴趣。偶尔画两张,我们就大表扬特表彰,但一切都无济于事。

鱼太多了,鱼腥味早就变质了。今日的猫可不是昨日的猫,各种口味的猫粮早就把猫的胃口搅乱了。除非你是游戏机,把一切可能都推向极致,一关一关的新游戏,把人性中能挑动的神经都给挑出来了,于是就欲罢不能了。这就是着迷?儿子曾好几次等大人都睡了再爬起来,坐在马桶上关着门打游戏,门缝里的贼光一闪一闪的。这就是爱好?

要是画画这么着迷,那一定能成事。

要是一个孩子半夜起来画画,也挺吓人的。

什么年龄干什么事,这是一定的。别指望孩子做成大人的事,也别相信大人做的那些孩子的事。我和孩子用同一支笔,用同样的色彩,画出的画却截然不同,因为他是孩子,因为我是大人。

我:你从学校美术课上拿回来的这幅画,我挺喜欢的。为什么把自己的脸涂成这样?颜色浓烈却也很协调。

儿子：人本来就是好几张脸，在老师面前一张，在同学面前一张，在家长面前一张，在自己面前一张。

我：你也四张脸吗？

儿子：有时多，有时少。

我：为什么人要有那么多张脸？干吗不一张脸？

儿子：有时一张脸就会招骂，比如在你面前我就不是一张脸。

我：为什么？

儿子：做错了事怕你说我，有时就骗你。

我：从什么时候开始知道人不是一张脸？

儿子：从山里阿姨那会儿开始的。她在你们面前一张脸，在姥姥面前又一张脸。你们走了，她就换了一张脸；你们回来了，她又换了一张脸。

我：天哪，那时候你才三四岁，还知道换脸啊？

儿子：她掐过我的腿！

我：你觉得人是一张脸好还是多张脸好？

儿子：一张脸的人吃亏。

我：你喜欢画画吗？

儿子：不喜欢。

我：喜欢学习吗？

儿子：我们同学没有一个喜欢学习的，可都得说喜欢，换着脸说呗。

我：那你们不喜欢学习，喜欢什么？

儿子：喜欢什么的都有，有喜欢玩游戏的，有喜欢女生的。

我：啊？这么小就知道喜欢女生？

儿子：这有什么奇怪的？我们班一半男生都有女朋友了。

我：天哪！你有女朋友吗？

儿子：没有。

我：你打算什么时候找女朋友？

儿子：没想过。

我：你喜欢什么样的女生？是漂亮的还是学习好的？

儿子：没想过。

我：什么样的女生算漂亮的？也没想过吧？

儿子：没想过。

我：你今天是几张脸跟我说话？

儿子：两三张吧。

妈呀，这哪是十二岁的孩子啊！

我：你画的这幅自行车真棒，我画不出。为什么车座浓淡这么合理？

儿子：里面放的棉花，不硌屁股。

我：车轱辘还有深有浅。

儿子：里面有气啊！

我：你为什么喜欢画自行车？

儿子：爸爸爱拍自行车，我们老去北海胡同拍。

我：为了环保，你将来有钱了也别买汽车，坚持骑你的自行车多好！

儿子：不行，自行车太慢了，我如果想周游世界不可能骑自行车去。

我：有人要出高价买你这幅自行车，你卖吗？

儿子：不卖。这是给姥姥画的，人不能说话不算数。

有时你看着儿子像个大人，有时他又是个十足的孩子，一会儿大人一会儿孩子，就这么夹生着一年一年地长大。

你不愿意，却也毫无选择。

我画不出儿子，他长得太快了。

青海奶奶

姥姥活着的时候经常说:"你这个工作好啊,叫人家高看一眼。人哪,就得抬着往前走,越抬人越高,人就怕压着走,走着走着就掉地上了。"

主持人这个职业真是把我抬高了,不断地规范着自己,修正着自我,向着人们期待的那个人的方向走着,有的时候走得自己都快不认识自己了。哪个是本性?哪个又是后来生成的?就这么来来回回快三十年了。

想给自己画一幅真实的肖像,却怎么也画不出眼睛,拿起笔来画出的都是背影。背影拯救了我的画笔,也给了赏画者想象的空间。我现在画谁都是背影,什么时候能转身呢?没有眼睛算是人吗?

一直想画一画青海奶奶,却怎么也画不了。是不是因为太不熟悉?确实陌生啊。

第一次知道青海奶奶还是小倩跟我说的。青海台播了个节目,说有个老太太先前一个字都不认识,后来因为想看我写的《日子》才开始认字,那年,她七十二岁。翻着字典,一个字一个字地学,一个字一个字地写,三年时间,她把《日子》上所有的字都认下了。老人家读完了《日子》,读懂了倪萍。

天下竟有这般传奇的故事,我半信半疑,却也收藏了这份珍贵。你是什么人啊?不就从事了一个被人抬着向前走的职业吗?不就是爬在手电筒光柱上的那个人吗?人家凭什么为你的一本小书而去认字啊?

忽然有一天,《鲁豫有约》的编导找小倩要我写的《姥姥语录》,说他们联系了青海奶奶。八十高龄的奶奶表示,只要我愿意,她可以来北京,前提是不打扰我。

就这么着,我和青海奶奶在节目中见面了。

我们拥抱的时候,不知是奶奶抖还是我抖,我们一直在颤抖中说着话,许久没有分开。也不知为什么,那一刻我难受得不能自制。她既不是生养你的父母,也不是提携你的上司,可她却像父母、上司一样爱护着你、关注着你。这是什么?这是一份沉重的爱啊!我的职业让我享用了多少这样的本不该享用的爱啊!拿什么才能偿还这份今生今世也偿还不了的爱啊!

青海奶奶是个太内向的老人了,她坐在那儿,很少说话,却一直用心看着我。当鲁豫把老人三年里看《日子》学认字的一大堆纸条、纸片摆在我面前的时候,我的那个心啊,真的跳出来了。

我经历过太多的感动,承受过太多的被爱,但这次不一样,内心里所有的良善、美好都被青海奶奶撩起了。纸条大大小小,纸片长长短短,钢笔、铅笔、圆珠笔……三年了,《日子》这本书在这些纸条、纸片里被青海奶奶翻透了。

奶奶说她当了一辈子裁缝，钉了一辈子扣子，养了三个闺女，日子过得平平静静，啥爱好没有，就是闲下来看看电视。因为在电视上认识了倪萍，就想知道这孩子的日子是怎么过的。不想麻烦女儿，于是就想自己认字，退了休在家就把这本书读下了。

朴实的话是如此打动我，我却也张不开嘴说声谢谢，像是面对家里人一样。一个谢字，哪儿跟哪儿啊？天下有那么多本好书，为什么要读我

啊？心疼奶奶的年岁，舍不得她那宝贵的日子为我浪费着，真的不值得啊，奶奶！那本小书算什么？倪萍的日子过得怎么样算什么？你为什么那么把她看重啊？

因为知道自己四两重，才害怕千斤背在身上。欠观众的债太多了，如今又背上一份，活得沉重却也幸福。摸着良心说，在人与人之间冷漠、无端不信任的当下，有这样一份无所求、无私利的爱，你花多少钱买得到？

日子，是爱与被爱 __69

我被人间少有的爱煎熬着,真不该请奶奶来北京啊,面对面地接受这份清泉一样的爱,情何以堪!

靠着奶奶坐,像躺在早年间姥姥的炕上,永远温暖着。奶奶话不多,偶尔冲我说一句也是再平常不过的"别太累了""挺好的吧"。这么普通的话,我也赶紧像拾到宝贝一样收藏着。那话的语气像姥姥,那份认真像姥姥。原来天下善良的老人都是一样啊,平淡如水、如空气,却是人最基本也是最重要的生命之源。这样的源越多,我的泉越清纯,于是笔下的画从来都是明亮的、欢喜的、充满希望的。

奶奶的脸庞很好看,因为胃不好,很瘦。我和小倩商量了好几次请奶奶吃顿什么饭才合她的口味,三个女儿说吃什么都行,"我妈吃得很少,一块儿坐坐就好"。

烤鸭吧,青海奶奶第一次来北京,八十有一了,全聚德,吃份纪念吧。

这哪是吃饭啊,奶奶一开始就催我:"快吃吧,吃完了早点回去,孩子在家等着吧?你这么忙,别耽误你。"这哪是粉丝啊?粉丝是分分钟都想跟你待在一起的,奶奶不是。奶奶很少动筷子,我也吃不下,连一句合适的话都找不出,我不停地喝水。

"谢谢你,还让小倩给我买了这个手链。"奶奶翻开秋衣的袖子。

天哪,奶奶把这条小手链用针线缝在了袖口里面!这是我今生今世见过最珍惜手链的人了……

奶奶的秋衣袖子晃得我睁不开眼,也不想睁。这样的画面在我人生经历里永远定格了,震撼哪!

"岁数大了,丢了都不知道,就缝上了。"奶奶笑自己岁数大了,我哭了,近似泪如泉涌。这么细的一条链子,这么轻的一份小礼物,奶奶如此地看重它,我又背上了一笔"债务"。这辈子只敢做个好人了,奶奶这样纯真的人生态度不是时时刻刻在映照着我吗?四个九的纯金啊!

许久许久我才说出:"奶奶,缝在这秋衣上,换洗的时候多不方便啊!"奶奶又笑了:"你忘了我是个裁缝?钉了一辈子扣子。"

什么是金?什么是贵?哪样算值钱?哪样算不值钱?昨天我还说小倩抠门儿,不如买个镯子,一条手链,丁零当啷的。小倩说手链好看。呜,真是好看,看得我心碎。

送走了青海奶奶,怎么也忘不掉那条缝在袖口上的手链。中秋节,望着同一个月亮,我捎去了北京的月饼,告诉青海奶奶,我们都记着她,盼着她长寿。最近又收到了奶奶寄来的青海高原才有的野生黑果枸杞,沉沉的一大包足有五六斤。小倩上网一查才知,这是好几千一斤的东西。天哪,这可怎么得了……

如今物价涨得这么厉害,奶奶的退休金会涨吗?可在心里,涨得最快的还是感动。岁数大了,该麻木了吧,感动这根神经却在我心里日益旺兴,实在是滋养它的青海奶奶们太多了。

于是画了一幅画。

"好大一棵树,绿色的祝福",盼着青海奶奶长寿。

她怎么这么难看

去领奖,和林永健在台上比——比谁更难看。我说我以事实为依据,我更难看,仅举一例就能胜出。

那天上饭店给儿子买面包,大堂拐角处有一个特体面的师傅长袍马褂地在那儿擦皮鞋,没什么顾客,偶尔有个外国人光顾,基本是一景。这一景看上去比较舒服,它并不因为在现代化的酒店里就不协调,反而让人有一种老北京胡同的错觉。佩服经营者的用心。每次从那儿走过,我都会特意看一眼,这次也不例外,还主动跟擦鞋师傅打了个招呼。

面包很快就买出来了,走到拐角的时候,人还没露面,就听见师傅和打扫卫生的妹妹在聊天。"那是倪萍吗?她现在怎么那么难看……"话还没说完,我人已拐过来站到他们面前了:"说我坏话了吧?"师傅尴尬得不知所措,打扫卫生那妹妹溜进了厕所。

我笑着走了,回头看看,擦皮鞋的师傅还愣在那儿。

后来又去过几回,见了那师傅还逗:"又难看了吧?"

师傅笑,我也笑。

就是难看了嘛,谁不老呀?

捧着奖杯从台上走下来,和刘晓庆坐一块儿。

"对自己好点!"五个字,老朋友的关爱。

"别在舞台上说自己老了。"十个字,晓庆的善良。

"告诉你个秘方,运动锻炼打网球!"一句话,晓庆的率直。

旁边坐着化妆师毛戈平,他那双近似婴儿般纯真的大眼睛在我和刘晓庆的脸上不停地移动,估计他在想:这两个女人差别怎么这么大呀?

回家的路上我也反思了,不可以这么放任自己,我的基本观众就是这些擦皮鞋的打扫卫生的普通人,连他们都嫌我难看,嫌我老了,我还演给谁看啊?

"你不能这么伤害喜欢你的观众啊!"晓庆就差直接上手修理我了。

对,减肥!

打开门,母亲、孩子都睡了,桌上放着一盆刚煮好的芋头,盆上盖了一块厚厚的毛巾,旁边还有一碟红砂糖。

吃,还是不吃?

给姥姥的一封信

姥姥：

因为你不认字，所以给你写了这封信，你能看懂。

先向你说声对不起，写了本你的语录，把你折腾得乱七八糟。从写你到把你推向大众，前后整整一年。不过也没白折腾，人们认识了一个善良、智慧、平凡、普通的老太太，一个鬼精鬼精的姥姥。

我其实一直想写你、画你，只是离你太近了，总觉得伸不开胳膊蹬不开腿。你走了，远了，反而看你更清亮了。你年轻时说的那些"废话"，我都像宝贝一样"拾到篮子里都是菜"，有的都不用择，下到锅里就养命。那些萝卜、白菜不值什么钱，却是最顺口、最对胃的好东西。

你一辈子不唠叨，说话掷地有声，讲理。

你一辈子不动大气，平静如水，却冷暖分明，不烫谁也不冻谁。多吃一口你说饱了，少吃一口你也说饱了，心和身子都是富有余地的，怎么着都行，没什么不可以。我说你这是给别人以宽容，你说最宽的路还是留给了自己。

好多人看您的语录都哭了，你肯定得笑话他们，也肯定得笑话我，因

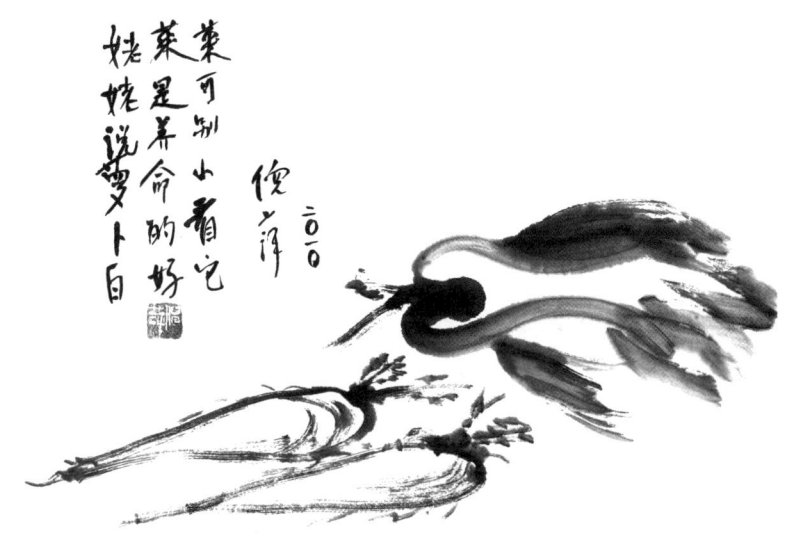

菜可别小看它
菜是养命的好
姥姥说萝卜白

为是我领着他们先哭的。我写你的时候就哭了,是看见那一阳台的月季花哭的。

你说过你没活够,你说这样的好日子哪有个够,我听了心疼。即使最富裕的日子我也觉得好日子刚刚开始,你该跟着我们一起过,好日子里哪能没有你啊,姥姥!

花开的时候想起你,挪着个小脚,拎着个小壶,每一片叶子你都不落下地给它们喝上口水,你说花和叶都是命,命连着命,少了谁都成不了个命。

饭桌上有了好吃的又想起你,粽叶上粘一粒米你也把它刮进碗里,你说收个粮食不容易,丢一粒就是丢一仓。

夏天热，你说："出出汗好，人要是一点儿不往外漏，那再怎么往里进啊？"冬天冷得缩手缩脚，你说："要是不冷，哪还知道上牙得碰下牙，左手得搓右手啊？"

家里人多的时候你说旺兴，人少的时候你说清静。问你这么多孩子里你最喜欢谁，你说谁缺喜欢就喜欢谁。你是佛呀，姥姥！你说佛得供着，你供着佛，你不是佛。

姥姥，你在那边过得好吗？我不敢想。因为你从来不相信有那边，你说在这边过得好，在那边就过得好，在这边过得不好，在那边就过得不好。你整天说的都是绕口令一样的大白话，绕来绕去都是些人人明白的理儿，可是做起来往往就不太情愿。

我有时幻想你其实没走，姥姥，你还待在家里，家里的好些事你还在指点着，家里的好些人你还在帮衬着。不是吗？上个月和顺子瞪眼了，原因是她瞪的眼比我还大。你出来说话了："孩子，人家要是什么都可你心、比你强，人家还用上你家当保姆？你该上人家家里当保姆了。"这个月又跟我妈急了，吃个饭恨不能把盘子都推我身上，这到底是增肥呀还是怕我吃不饱？你又出来说我了："孩子，等没有了这个妈，想找个推的人还没有了。"

都是你的理儿，都说过一百遍了。"是理儿不怕多，不是理儿说一遍都多。"你的话总是那么劲道！

姥姥，我在深圳办的第一个画展你看了吧？叫"和姥姥一起画画"。有个观众竟问："哪幅画是她姥姥画的？"笑死我了。

你也笑了吧，姥姥？

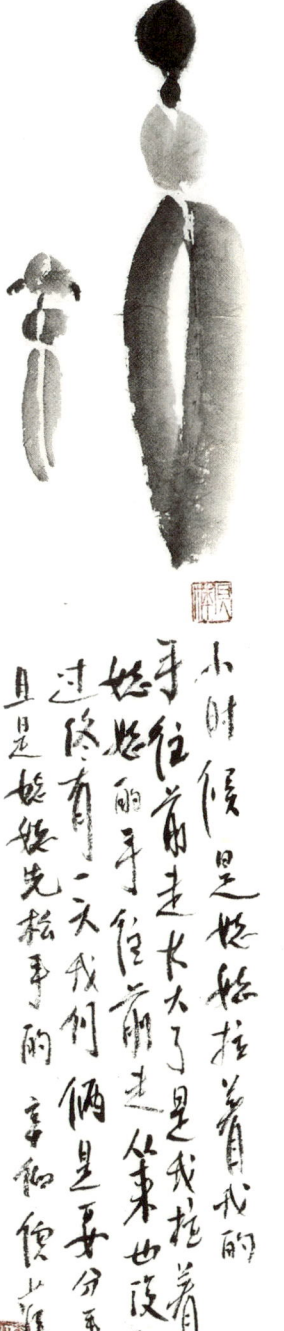

小时候是姥姥拉着我的手往前走 长大了是我拉着姥姥的手往前走 尽管也没想过终有一天我们俩是要分手的 而且是姥姥先松手的 辛卯 倾峰

神荷之美

幸福的一家

我们是幸福的一家,丰衣足食。

日子,
是那些人那些事儿

马三立，我的偶像

开着的收音机里除了新闻就是卖药的、看病的，听上去哪种病好像在你身上都有反映，哪种药好像都包治百病。在画室坐了一天，一张画也没画出来。突然听到马三立的相声，笑了半个钟头。哈哈，这才是包治百病的药啊！

小时候就爱听马三立老先生的相声，长大后在电视上见到他的那一眼，一辈子都忘不掉，便更是喜欢了。说相声的人长成那样，就成了一半儿。

那时根本没想过日后会有机会见到马老，更没想过有机会为他老人家主持最后一个相声专场，荣幸啊！

和艺术大师面对面的机会不是人人都有的。

一个年轻人兴致勃勃地憧憬未来，听上去再正常不过了。但当一位年近九旬的老人认真地跟你说起他七年后的打算，对屈指可数的日子充满期待时，你只能被震动。

二〇〇一年十一月二十三日是应该让我震动的日子。那天下午在马三立老先生家里，他笑眯眯地认真地告诉我："二〇〇八年奥运会在咱国举行的时候，我也要报名参加。我考虑考虑举重，找一个大一点儿的糖墩，

我把它举起来。"在场的人被他逗得大笑不止。那天屋外很冷，而且已近黄昏，没有阳光照进来，但是所有比他年轻的人都被他的话烘得热乎乎的。

那天是入冬以来的第一个大雾天，我们早晨八点钟从北京出发赶往天津去采访马三立先生。但是一出发京津塘高速路就因为雾大封了路，一直到中午十二点，我们还在北京的南四环路上候着。前一天马老的家人告诉我，老人家年事已高，喜欢清静，不经折腾，他知道我们要去看他，一早就开始兴奋，开始惦记着这件事。我想象着一个老人认真地在家里等待我们的情景就心急如焚，自责和焦急比堵车还难受。本来说好十点半开拍，眼看到十二点了，都没有任何开路的迹象。不行，不能再等了，决定更改路线。

终于到天津已经是下午三点了，先生精神很好，并没有看出倦态，我心里稍稍有些安慰。趁还没开始采访，各部门在布机位、打灯光、调音响的时候，编导拿出粉底和唇膏给老人家化点淡妆。老爷子坐在沙发上不失幽默地说："还化妆？再化也不好看，看我这脸上的皱纹。有熨斗吗？拿来给熨平了！"编导一乐，化妆包差点掉地上。

马老说，说相声以前叫撂地，就是撂地摊。"撂地摊就是走你眼前给钱你就接着，不给钱算白听。不是非得听了就要钱，不是那样的。撂地，随便。后来不让撂了，我就上舞台当了伴角。人家唱京韵大鼓，我在倒数第二，给人家演一场相声。那个时候我才二十五岁。"

哈，听老人家讲过去的事，何止是还行，是还很行！

马三立先生曾经有过非常辉煌的时候，现在他深居简出，很少参加社会活动。从他开始登台到现在，时代已经发生了沧海桑田的变化，而他的记忆力和幽默感却始终如一。谈话时间原定为半个钟头，老爷子精神矍铄，谈兴正浓，不知不觉已暮色降临。

采访结束以后，我们觉得加入专题的成分能从更多的侧面准确地表现马老相声艺术的人民性。摄制组又一次来到天津街头，我们问到的行人，几乎都能毫不犹豫地说出马老相声段子的名字，一提到老先生，他们脸上的表情都是喜兴的。"马三立，我们天津的一宝"，"他是我们天津人的骄傲"，"他人特好，厚道善良"，"他没架子，挺平易近人的"，"他的相声都是说给老百姓听的"，发自内心的赞美溢于言表。整整一天，我们都被这样的声音包围着，心里很感动。不知马老是不是知道天津人民对他的喜爱和崇敬已经达到了这种程度？一个平民艺术家，能在人民心目中有这样的口碑，对于马老来说，可能比任何一种奖赏都要珍贵和有价值。

二〇〇一年十二月八日晚上的演出是马老最后一次正式登台演出，我有幸和赵忠祥老师主持了这个相声专场。那天，相声界的所有著名演员都来了，但是四千多名观众最想看到的还是马老，演出到了马老上场的时候才真正掀起了高潮。他刚上舞台，还没张口全场就已经掌声雷动。年近九旬的老人在台上妙语连珠，我和赵老师受他的感染也没大没小地在台上乱贫。多少年没有这么兴奋了，多少年没有这样放纵欢笑了。全场笑声、掌声和喊声不断。

我站在舞台上，看着观众席里一张张真诚的面孔，感慨万千。今天这个时代，很少有人会守着一个职业、一个理想活一辈子。但是马三立老先生这一辈子只做了说相声这一件事，他多年来甘于寂寞，除了相声也许世界上的很多潮流他都不明白，但无论是做人还是从艺，他都做到了极致，有千千万万的老百姓记得他的名字，叫他平民艺术家。

他确实很平民，走进他的家你以为是时空穿越了，现代化的东西几乎没有，每一件家具，大到立柜，小到板凳，都是用了几十年的。那把马老天天坐的沙发椅子上铺了好几块毛巾，长的、短的、花的、条的，你不明白这样是为什么，肯定不是为了好看。那是为什么？我终于问了，马老的回答让我笑出了眼泪："显摆，富裕啊！"

富裕的日子在马老的心里，给别人欢笑的人自己心里快活吗？马老那张年画般的笑脸来自哪里？

知足者常乐吗？

风华绝代

认识刘晓庆快三十年了,交往不多,感情很深。

这次她演的《风华绝代》把赛金花搬上了舞台,我领着我妈去看了首场演出,震惊!当晚回来就画了这幅画,相信她会喜欢。一看背影就知道这是刘晓庆,她这次在舞台上就是这么漂亮。

画上了她,也随手画上了她的导演田沁鑫,一个像男孩子一样的女导演。一直以来我就喜欢她的戏剧,从《生死场》到《风华绝代》,她一直在前进,披荆斩棘。戏剧是她的命,她说她去英国一待就是两三个月,就住在戏剧那条街上,出了门左边是剧院,右边还是剧院,像吃饭一样,一日三餐都是英国的戏。当代的、古代的、时尚的、传统的、现实的、荒诞的……什么她都看,什么她都想。回到北京,她生气了。她说她不在的时候,演员们在剧场里把戏味儿改变了,为的是现场的包袱。她愤怒了,她恨这样来讨好观众,这样亵渎戏剧的神圣,她开骂了。一个戏剧的忠诚卫士!于是,你有理由相信,这样的导演一定能导出好戏。

她选刘晓庆演赛金花算是选对了。晓庆在舞台上的三个小时不仅仅是漂亮、魅美、生动，她的言语举动间无时无刻不透出对人生的执著，这种执著是那样打动你。舞台上尽显的是赛金花，却分明看见刘晓庆的骨血。我跳进跳出，不能一味地跟着导演走，常常跳到戏外，却又对号入座。这也是田沁鑫的戏剧，观众随着戏剧去打量人生、映照自己，可见人物是有血有肉的。不容易，一个历史人物，一个生活中不多见、艺术中又常规的形象，被她们诠释得有风有骨，这是功力，也是认真。

太多人不了解刘晓庆了，可人人说起刘晓庆都头头是道，这就是明星？她被人说得比她本人还刘晓庆，但刘晓庆这个人你必须走近了才知道，她是一块玉。

田沁鑫说："在排练厅里，每天她和《小花》里的那个角色一样，汗津津的，也不打扮。我觉得她是一个宝贝，可是被现实蒙上了灰尘。我在这个戏里，想把她身上那些尘土都抖掉。"不知为什么，听田沁鑫说这段话的时候，我鼻子一阵阵地发酸。

田沁鑫说，她和刘晓庆商定，在《风华绝代》里刘晓庆把前些年演电视剧的那些套路全部去掉，把心底的自己拿出来，她心底的自己就是那个真诚热情、风情万种的四川女孩。像刘晓庆这种人，放在任何时代都能成为明星。

听了田沁鑫的这些话，你就知道为什么我看了《风华绝代》会觉得震惊，这是一个崭新的刘晓庆。

那天我们去得很早，到了保利剧院才知道，大多数人比我们还早。韩静霆夫妇早把花准备好了。

想起二十多年前，我刚来北京那会儿，浑身上下只有三百块，全部家当也只是一个箱子。因为和陈宝国演韩静霆的戏,就认识了韩静霆的爱人王作勤大姐,还把箱子存放在他们家。我记得那个时候的韩静霆家就有一个大得不得了的书房,以书房的气势我断定这是个大作家。

韩静霆的儿子雪村那时还上中学,曾经骑着自行车带着我在公主坟那一带好一通转悠。前座上的雪村是一根豆芽,后座上的我是一根树枝子,满大街飞。孩子很善良、很幽默,岁数不大却瘦得像个小老头,这是我对那时雪村的全部印象。

以后的日子竟然和雪村同台演出了,巧的是还在台上介绍韩静霆的歌——《今天是你的生日,中国》。歌词美好又浪漫:

> 今天是你的生日,我的中国,
> 清晨我放飞一群白鸽,
> 为你衔来一枚橄榄叶,
> 鸽子在崇山峻岭飞过
> ……

每次听都热泪盈眶,可能太了解这个词作者了吧,那真是"爱国者号"啊!一说正事就满脸通红,心脏全天候地往上蹿。什么时候平静?作勤大姐说,睡着了以后。

所以你看韩静霆写的历史戏,断肠啊!你念他的诗,简直要把你逼疯——全是高潮!那年春节晚会的零点时刻,我和赵忠祥老师朗诵《北京时间》,什么时候想起都觉得愧对韩静霆,连人家作品一半的激情都找不回。

  他真是一个标准的当兵的人啊！

  已经是少将的韩静霆，如今和我坐在一个包厢里看刘晓庆演的赛金花，他是平静的，至少表面看是这样。我问他咋样，他说看结尾怎么处理了。哈，也不是个一般的观众。

  谢幕的时候，我们上台给刘晓庆献花，却忘了还有个田沁鑫也理所当然应该接受赞美。只是不知道她为什么上台还背着她那个小包，我断定里面背着她的戏剧。

  急匆匆地领着老妈回家，气都没喘匀就画了一幅画，上赶着送给她们，表达喜悦，表达敬意！

达人秀

达人秀总导演金磊半夜打来电话:"倪姐,有一特好的想法!今年春节特别节目,把你们家九十九岁的姥姥请出来,你和她一块儿上,绝对牛!"

我说:"好哇,准备铁锹,拿个麻袋,把姥姥从坟墓里挖出来。"

姥姥二〇〇八年就去世了。

金磊的绝望可想而知。不是因为姥姥不在了,是挖空心思想出的节目没了。

这帮电视人就是这么拼着干,活人当机器用,这种精神你不得不佩服。

去替小伊做了几期《中国达人秀》,苦不堪言,现场的表达和剪出来的播出版南辕北辙,于是就怀念起直播的日子。

我那时做节目百分之九十是直播,是骡子是马拉出来遛遛,在战斗中成长,在失败中成熟。如今的相亲、选秀节目,秀多于真实,真人故事里婆婆和儿媳都可以是脸不熟的演员扮演,无所不能。我跟杨亚洲说:"还拍什么电视剧,假的做不过真真假假,真的也做不过真真假假。"观众也不是不明白,是心甘情愿地跟着娱乐,这是市场的需求,是大众的需求。

可怕吗?仔细想想也不可怕,这是社会向前走必须付出的代价。过去我们一说到代价就觉得是太大的问题,如今不了,代价是获取新生的筹码,没有哪样脱胎换骨不是用代价来换取的。当真实失去了信任之后,你的力量就有限了,尽管你也繁荣,你也热闹,但都是过眼烟云,终将散去,有时连痕迹都留不下。历史一遍遍地重复,情景一幕幕地再现,有谁会坚定地说明年的春夏秋冬不会是今年的冬秋春夏?几乎是一模一样,不一样的是观景人的心情、过日子人的心态。

达人秀里几乎每个人出场都打动着我,我心甘情愿地享受着他们的真实、真诚和无奈。热情背后聚集着恐惧、提溜着精神、捂着心脏,舞台无限地大,心灵无度地涨,随时海啸、地震。你有这种勇气吗?你能这样无畏吗?没有,不能。当生活没有逼到这份上,当交响曲没有向命运奏响,你会舍得一身剐吗?人性在这个舞台上到底折了几个前滚翻,只有参加的人知道。为什么那么多选手在舞台上流泪?无论成败都会哭,就剩下那一条神经了,一根头发丝就能撼动的那条神经。

当你看到一个人手无寸铁地在战场上向前冲的时候,你只能是为之震撼。我们不都曾这样上过战场吗?我们混到盔甲满身、前呼后拥的时候,有多少人在保驾护航啊?看到他们,如同看到了自己。

想改变命运,想从普通人变成明星,多么积极的人生态度啊!我真的从心里为每个人喝彩,可职责所在又不得不装模作样地说NO、说YES,折磨人啊……我跟小倩说:"不能再来了,受不了这个罪,享不了这份福。"

常常不敢感动,他们说:"你是太容易煽情的人了。"

是吗?

你看卖鸭脖子的这对夫妻,你不被感动?那你指定是块石头。

丈夫说,他来参加达人秀只为他老婆,因为他老婆爱唱歌,每天卖完鸭脖子,他老婆都到郊区的一个立交桥下唱几首歌再回家。他的愿望是有一天能让他老婆在全国人民面前唱一次歌,这个愿望达人秀帮他实现了,他老婆唱得也真好。

老婆说,他们两口子住在一个六平米的临时小屋里,床是用长条板子搭的,很窄,睡觉的时候俩人得互相紧紧地搂着才不会掉到地上。丈夫插话:"希望房子永远这么小,我和她永远这么搂着。"这不是世界上最浪漫的爱情吗?你不感动?你不羡慕?

想起一位有钱的朋友,住着很大的别墅,即使在家里,夫妻一天也见不上几面。有专门读书的房子,有专门喝茶的房子,有专门会客的房子,有专门听音乐的房子,有专门健身的房子……就连接个电话都恨不得走上几分钟。

谁幸福?

真的不是比,也不是攀,实在是忍不住地思考。物质把精神捆住了,精神又把物质挣开了,辩证中寻找人性,诚实地面对自己的灵魂,其结果是都想改变。小房子想变成大房子,大房子想填满人性,可都不是件容易的事。于是,就有了台上表现,台下裁决,东西两根绳在另一个地平线上是平行的,谁的也不长,谁的也不短,只是看的角度不同。

采访鸭脖子夫妻，他们俩惹得我在台上好一顿哭，说起孩子了。他们把四岁的女儿放在北京怀柔母亲家，快过年了，托我把一包零钱带回去，算是给孩子的压岁钱。我接过那个装满钢镚儿、毛票的塑料袋，不知怎么地就说不了话了。这哪是钱啊？这比钱值钱啊！金磊他们也会煽情，又拍了一段女儿给爸爸妈妈唱歌的画面，大屏幕上孩子又唱又跳，舞台上夫妻俩又哭又笑。我知道这是做节目，也知道节目的核儿是真情真意，可就是受不了，手里攥着这袋零钱感觉怎么也拿不动。能够做的又是老一套，再给孩子添上两千块，算是姨的压岁钱，周立波、高晓松又每人加上两千块，算是舅的压岁钱，六千块给孩子捎上。

这不是给予，这是接受，接受给我们做点人事儿的机会。

在芸芸众生里，我们谁不是努力地想去做达人？谁不在达人秀？

史铁生

　　史铁生走了,这是早晚的事,我们好像都有准备。一星期两次全身大换血,不活也罢了,别受罪了。史铁生自己都常看见死神在门口晃动,可见对于死他是有充分准备的。

　　心里还是抑制不住忧伤,一个未曾谋面的人,他的离去让你觉得像自家兄弟离去一样难过,那绝对应该是一片无法掩饰的真情了。只为他的作品,只为他三十年坐在轮椅上,那么让人心疼,那么让人揪心。

　　快二十年了,我和姥姥作为史铁生的读者和听者,我们是那么喜欢史铁生的文字,喜欢他那彻底的笑,那大苦之后的大乐。

　　年年春节蒸过年馒头的时候,姥姥都说:"你给史铁生送几个吧,没空做饭中午熥熥就能吃。"天哪,姥姥以为北京是他们水门口村,认识谁就能拿俩馒头敲开门!每年我都跟姥姥说:"明年吧。"这一明年就过了二十年,姥姥的馒头史铁生没吃上……你知道,史铁生这种人是不能随便打扰的。姥姥问为什么,我说不清楚,他是坐在轮椅上的高贵人。

　　史铁生并不知道我和姥姥,更不知道他这两位忠实的粉丝对他是多么牵挂。我们支持他的方式就是买齐他所有的书,各种版本,再版、重印全都买。增加一本的发行量,他的版税就多一分,很幼稚的想法,但这是我和姥姥对他的爱的表达,因为除此之外我们什么忙都帮不上。真是想帮啊!

很晚才知道史铁生背后有个希米,姥姥说这个小媳妇是个神。姥姥说对了,神保佑着史铁生走到今天。因为有了希米,他一定是幸福的。一想到这儿,我心里就宽慰了许多。

纠结的事一定得解开,死后怀念他是我们的权利。

夜深人静,找了个十字路口,选了个喜气洋洋的开口大馒头给史铁生烧去了,又画了一幅怒放的鲜花送上。

风华绝代

刘晓庆、田沁鑫把赛金花搬上了舞台。
首场我看了,震惊!
回来画了她俩,表达了我们的欢喜。

爱之鹤

很晚才知道史铁生背后有个希米,姥姥说这个小媳妇是个神。
姥姥说对了,神保佑着史铁生走到今天。因为有了希米,他一定是幸福的。

幸福

冬天你才知道,什么是温暖。

有爱的日子,你才知道什么是幸福。

一家三口其乐融融

为这被爱捆牢一生的三口之家,画了这幅海棠。

铁成大哥、大嫂,无所谓离开海棠,早年间不就都种在心里了吗?

狗狗的幸福

听说王铁成老师要搬出海棠园了，你绝对不信，海棠园是他为缅怀周总理而建的。一个演员一生只为一个角色而活，一个父亲一辈子只为一个孩子而守，这就是王铁成。为总理，他把别的角色都推掉了，怕影响总理的形象；为儿子，他不再生儿育女了，怕慢待了狗狗，他唯一的儿子。

你能理解，我能理解，你能做到吗？我们都做不到。

离开海棠园，为什么？

铁成老师老了，毕竟七十有一了。他说最近心脏病发作把他发醒了，离医院那么远，死了都没人知道。"不是怕死，是死了狗狗谁管？狗狗还没死呢，我不能死！"当父亲当到连死在孩子前面的权利都没有了，这个父亲悲壮啊！这个父亲了不起啊！

爱从哪儿来？扯着骨连着筋，一家三口是一个人。满屋子挂的照片里有爹就有娘，有娘就有儿子，从来没分开过。铁成老师对儿子的宠爱超过了所有的父亲。秋蟹刚下来，狗狗吃一顿不够，连着吃八天，直到儿子吃够。中午吃炸酱面，狗狗和我们这些客人一块儿坐主宾席，先给儿子盛上一碗，拌上八件小菜，一道工序也不落下。一张紫檀老桌子，上了嘉德能拍五千万。"这是儿子的家产，狗狗是王家的主人，王家的后啊！"铁成老师说这话时，扯着狗狗的肩，拍着狗狗的肚皮，似是玩笑，似是认真。

看着父亲的疼爱，感受到父亲的责任，想起十几年前采访铁成老师回来后写的一段文字：

  望着铁成大哥一家三口的照片，心里不知涌上来的是什么滋味，真是该有的不该有的全都挤满了我的胸膛。强烈冲击我的是——父亲、母亲、儿子，这世界上原本最平常、最单纯、最普通的家庭组合，如此地打动着我。

在我结交的朋友中，铁成大哥和大嫂是我很敬重的一对儿。他们以父亲、母亲这个人类最光荣的称号，以男人、女人这个世界上最有力量的爱情，养育着他们的狗狗。他们相互搀扶着，从生命的苦涩中去寻找生活的希望。这日子是他们一家三口一天天走过的，这眼泪是他们一家三口一天天流干的，这欢喜是他们一家三口一天天积累的。如今，儿子长大了，他们变老了……

我不敢用心去体验铁成大哥和大嫂那两颗父亲母亲不同寻常的心灵，因为他们实在是太金贵了，这金贵的心承受得太多了。我只有敬重，每每看到他们面对狗狗的那双慈父慈母的眼睛，每每看到那一双抚摸狗狗的大手，每每听到他们那生动的只有狗狗才能听得懂的言语，你都会羡慕狗狗。

铁成大哥一家三口曾被我邀请参加我主持的一期《综艺大观》，节目是母亲陪狗狗弹钢琴，父亲朗诵。都好多年了，我已记不得朗诵的内容了，却还记得台上铁成大哥颤抖的声音，喉咙一阵阵被泪水堵住。台下许多观众在抹眼泪，我躲在幕后不敢听、不敢看，更不敢想……

谢幕的时候，一向站在台边的我，那天却牵着狗狗的手走上舞台的中央，向大家致谢。我特别将脸转向狗狗，大声告诉他："台下的观众是为你鼓掌，孩子！"狗狗欢喜地笑了，我也欢喜地笑了。据说，在台下鼓掌的爹娘欢喜地哭了。

事后，他们夫妇跟很多人说，他们哭是因为我把狗狗当成了一个正常的孩子，给了他荣誉，给了他尊重。就此事，一直没有机会和铁成大哥、大嫂说一句：我这算什么，怎么能和你们比呀？不错，你们是狗狗的父母，但是你们的爱却让我们看到了人生的希望，看到了人——这个世界上无比珍贵的生活主体的光辉！

狗狗，永远都那么单纯而稚气，永远都那么懵懂而容易满足。

铁成老师，永远是那么慈爱关切的目光，永远是那么耐心倾听的双耳，永远是那么宽厚微笑的面容，永远是那么温柔抚慰的大手。

因为爱着你的爱，因为苦过你的苦，
所以开心着你的开心，幸福着你的幸福。
没有风雨躲得过，没有坎坷不必走，
所以安心地牵你的手，不去想该不该回头。

值得庆幸的是,人生的幸与不幸、希望与失望、欢笑和泪水、乐观与忧虑,在经历岁月的流逝后,沉淀下的都是那些沉重却珍贵的东西。因为人生之路上,总有相爱的人彼此相携、牵手!

看看他们一家的生活状态,谁还有理由去抱怨生活的不公平,谁还好意思去诉说自己的不幸啊?

祝福狗狗,更祝福铁成大哥、大嫂,愿你们健康长寿,争取活到一百八十岁,那时狗狗也有一百多岁了。我相信狗狗会是这样一个有福的孩子。

为这被爱捆牢一生的三口之家,画了这幅海棠。搬吧,铁成大哥、大嫂,无所谓离开海棠,早年间不就都种在心里了吗?

种子,是会发芽的。

日子，
是悲与欢的离合、生与死的交替

画中话

姥姥走了，我们家就不怎么忙年了，过年的精气神没了。

从杨柳青买回的对联、门神都贴得歪歪扭扭，新衣服没人穿了，哪天穿过旧的啊？什么是新什么是旧已经分不清了。

省了事，荒了心。

画一幅年画吧，画里有年味儿。

翻出姥姥在世时写她的文字，写时不曾想，这个年竟是姥姥的最后一个年……那时候忙得多有意思啊，意思都在忙里了。

小寒一过，姥姥就张罗着忙年了。

无数次地催着我妈把她去年年三十穿的那件苏罗缎子棉袄拿出来晾一晾。"不知哪天人就睡过去了，千万别再做新衣服了。"九十八岁的姥姥说这样的话，你得反着听。

我这个家里的财政部长立刻发令："快，给姥姥量尺寸。"姥姥笑了："尽花些没用的钱！"只剩下一颗牙的姥姥这一笑太可爱了，活脱脱的一幅年画！

九十八了，还能过上几个年？真得让姥姥心满意足。

我认真地跑了几家店,最后落脚的地方是一家专为外国人定制毛衣的外贸店。这家店很有味道,店里五个人,全是女的。我进去的时候,已经有五个顾客了,咳,也全是女的。满屋的毛衣、满屋的毛线、满屋的女人,说英文的、说中文的、抽烟的、喝咖啡的,五颜六色的毛衣在那些外国女人身上脱下去穿上来,又是一幅年画。

女店员:你那个《大浴女》看得我真憋气,你说生活中有这样的女儿吗?要我是她妈,非给她撵出去,你脾气太好了!

我:姥姥穿插肩的毛衣是不是比上袖的好看?

女店员:哎,章妩最后怎么了?我没看上,是不是气死了?

我:贴上两个口袋吧,姥姥手绢没地儿放。

女店员:我特喜欢赵有亮的戏,我们小高喜欢姜武。赵有亮多大了?你俩挺像两口子的。姜武比你小多了吧?

我:这么细的羊绒织出来是不是太薄了?

女店员:合适,不薄。唐菲那个头发一看就不是那个年代,上半截长出来的都是黑的,下半截肯定是漂过的,这事你们导演不管哪?

女店员:为什么叫《大浴女》?谁是浴女?

……

在那店里待了半个小时,二十五分钟里说的都是《大浴女》。还要去学校接孩子,我得赶紧走了。

学校的门口又是一幅年画。

接孩子的家长恨不得比孩子多,人们目不转睛地盯着大铁门里的操场,很像探监，监里监外。

"孩子是祖国的未来，事事如意是每个家长的希望。买兜柿子吧，房山纯天然的大柿子，五块钱一兜，让孩子事事如意！"我偷偷乐了，这一乐引得卖柿子的大哥一个劲冲我喊："孩子快期末考试了，买一兜吧，十个大柿子就一百分，买两袋双百。"我又乐了，买吧，要不他得不停地喊，寒风中站了一天的大哥也不容易。

电话响了，一个不熟悉的号码。我从不接这些电话，可它不停地响。莫非有什么急事？

"倪萍同志吧？"一位多年没有联系的老领导，"是这样，我刚看完你那个《大浴女》。你演的那个章妩啊，真是让人心疼，这部戏让我们看得太压抑了。你现在的生活是不是不如意啊？一看就能看出来。我老伴儿还说，倪萍心里一定很苦啊，要不她怎么能演成那样？脸上没有任何表情，大滴的眼泪就往下滴呀。倪萍同志，你千万要想开呀，人生哪有那么多圆满呀？不要太苦了自己，不要像章妩那样，要乐观地面对生活！不过你演得还是有模有样的，年轻时看像年轻，年老时看像年老……生活里多笑笑啊，我们喜欢那个电视里爱笑的倪萍。"

我想解释，却一直插不上话。儿子从大铁门里飞出，我举着电话，扯着儿子，背着书包，拿着双百的柿子，连滚带爬地回到了家。

卖柿子的大哥肯定不看《大浴女》。什么洗刷心灵，心还要洗刷？这就是吃饱了撑的，先挣钱养活老婆孩子才是正事。

我把柿子摆了一窗台，不是为了吃，是好看。一溜的柿子排成了一列车厢。

其实演员创作角色就像坐火车一样，这站过去了就过去了，他心中期盼的是下一站。可是每次观众和你一起重温这个角色的时候，你还是会有回头张望的感觉，而且经常是那么不对位。镜头是一个一个地拍，观众是几集几集地连着看，谁更准确，谁更真实呢？

有一点是可以肯定的，作品是给观众看的，不是自我欣赏的，更不是自恋的。

播放《大浴女》的那几天，我们家的电视观众都被我用心地调开了，不想让他们看，就是怕他们对位。亲人看你演的角色更会下意识地当真，尤其是我妈，看着看着她就分不清哪是我哪是角色了。

亲人，那些看《大浴女》心疼我的观众都是我的亲人？知足吧！因为从事一项面对大众的工作，而得天独厚地享用了这么多年被"亲人"们关注和关怀的温暖。年代越久，这种温暖越有力量，力量大了也就形成了压力。温暖和压力始终双向捆绑着自己，获得这么多，拿什么去回报这些亲人？

日子平平淡淡地过着，戏进进出出地演着，真真假假，是生活，也是戏，每个人的内心都差不多。

谁不希望岁岁平安、事事顺利呢？

那些还没盛开的花

在北大演讲,开场我就说:"这本身就是个笑话,没上过学的人给认字的人讲道理,肯定得胡说!忙的同学赶紧忙去,别在这儿瞎耽误工夫,实在没事回去睡觉都比这强。我将要说的这些废话你爹妈都说过很多遍了,想听的孩子早就记住了,不想听的孩子再听也是这耳朵进去那耳朵出来。"

满满的一礼堂人哄堂大笑,估计笑我这个街道妇女真够实在的。我也就实在到底了,一个半钟头全照实里说。孩子们鬼聪明,绝对知道哪是真哪是假。我们连笑带欢呼地把整个场子搅得像开了锅的笼屉,锅底下翻滚着沸水,锅顶上散发着热气,说的什么全然不重要,重要的是孩子们高兴了,我欢喜了。人生的许多道理其实是在大白话中自然接受的。

对于这场演讲,我是精心准备的。不想浪费孩子们宝贵的时间,希望他们几十年后再想起这件事的时候,还记得我说的什么。更盼着听了这些话能对他们的人生有点用,比如能混上个房子住,混上个汽车开,最次也能混上个牛仔裤穿,混上个烙饼吃。

我以母亲的心回答着孩子们的各种问题,我以亲人的眼光注视着他

们，我是那么由衷地欣赏孩子们啊！因为他们的这种神采，走出校门就不再有了。"什么样的水养什么样的鱼，海鱼江鱼一上嘴就知道。"这是姥姥说过的话。

一个男孩提问："走入社会，做个什么样的人最受欢迎？"

"做个不讨厌的人。"这又是姥姥说的。

"孩子，别以为做个不讨厌的人容易。一点儿也不容易！你首先不能够太各色吧？要宽容、要忍让、肯付出、心甘情愿地吃亏，受得了委屈，经得住冤枉，不自私、不计较、不自恋、不要小聪明、不自以为是，诚实、善良、勤快、不脏……多了！这么做人，你一定是在职场上最受欢迎的那个人，是一个朋友多的人，是一个有魅力的人，是一个快乐的人，最终你一定也是精神物质双赢的人。这些其实也容易做到，你只要在脑子里把观念一转换，一切做起来就会自然而然、舒舒服服。"

没有文化的姥姥以这样的方式活到了九十九，认几个字的我也一直努力地以这样的方式活着，付出的那么少却获得了那么多。这是我们的

传家宝。

"要不是把你们当家里人,我还不舍得在这儿把我们家家底儿都抖出来呢!"台下又哄堂大笑,我急忙强调这可不是幽默,是真理。

估计没多少人信,我只好又追加:"刚才那个同学赞美我汶川地震捐一百万的事,我可以跟你们说,仅这事我就赚了一千万!真的。去年我去四川拍电影,老百姓对我的那份情谊啊,真的让你受不了。一顿火锅还没吃完,就有人替你结了账;一双十八块的胶鞋,大姐说十二块给你;坐出租车,师傅不要钱;买箱红心猕猴桃,摊主又送你两箱;连去药店买个创可贴,人家都坚决不收钱。"

"感动啊!这些便宜让我占得心里火烧火燎的。我挣钱多容易啊,人家卖双胶鞋才挣一块五!你就是个铁块儿,也会被融化的。"

"吃口好气儿比吃口猪头肉香多了!"这也是姥姥说的。凡事你越计较得具体,越走入死胡同。形而上的东西有时候力量很大。做大男人、大女人,不做小男人、小女人。

演讲快结束的时候,我把最后一个提问留给了一个女生,小女孩长得很白,很清纯。

"倪萍阿姨,我妈妈和你岁数差不多,为什么我妈妈比你老很多?你用什么方法保持这么年轻?"

台下笑了,我没笑。

显然这孩子没说实话。年轻?这两个字在我身上已经没有了,我都老成啥了?偶尔照照镜子,自己都不认识自己了。盲目地自信,从不上美容院,连擦脸油最多也只抹三下,挺大的脸常常抹一半就干别的去了。

虽已远离了"年轻"二字,我当时还是被这女孩的问话打动了。

"孩子,你妈妈养育了你这么个北大的高才生,怎么可能不老呢?"话还没说完,小女孩噗噜噗噜掉开了眼泪。

"好孩子,不哭。快毕业,快找工作,挣了钱先给你妈妈买瓶擦脸油。"

孩子又笑了,她相信了我的"胡言乱语"。

回到家,看着抱着篮球还在做姚明梦的儿子,咳,有个闺女多好哇!

铺开纸,画了这盆还没开花的小草,破瓦盆里长出了葱绿的叶子,我心里平静了许多。山东工艺美术学院的院长潘鲁生还说他喜欢这幅画,愿意用他的画和我交换。大作换小画,老师懂学生?其实他还不知道我画这幅小画的初衷。

我心里更慰藉了,只要用心画的画,一定有知音。

大碗花

我们老家管牵牛花叫大碗花。

姥姥家院子里大碗花多得像个花市,凡是空闲的地方都长满了大碗花,有土的地方长,没土的地方它们也长,墙缝里、土堆上、鸡笼盖子下、猪圈架子上全长满了。长得最旺的那一群是茅房里的,墙上墙下、墙里墙外全是大碗花。镂空的茅房顶舅舅用木头搭的架子上,大碗花昂头挺胸地骑在顶头,那副高傲的样子,简直就是吓唬你。

开得最旺的时候,不大的茅房像个大花轿,绿的叶子、紫红的藤子、五颜六色的花、半开不开的花蕾、快谢没谢的花瓣,相互缠绕着,互相捆绑着,拽一棵就能扯一片,那么死缠烂打地相亲相爱。那气势逼得你上完茅房必须赶紧跑,要不它们非咬你一口不可。

攀在最高处的大碗花高得你够不着,爬在最低处的大碗花低得能钻进你鞋帮里。每次上茅房我都被它们绊住,裤带不使劲攥在手心里,藤子就把它扯走了。逃出茅房你才发现裤带和藤子早就一块儿系在了腰上,那你就别想走了,只能乖乖地回头顺着藤子把裤带捋出来。偶尔想跟它们横一回,使劲往前迈一大步想把它们扯断,那你回头看吧,大碗花们立马就全站起来了,你若再使点儿劲便将它们连根拔起了,天哪,它们的老祖宗就出来了。那份不畏不惧,那份抱团,那份刚烈,让你害怕。可此番景象又让你欢喜,姥姥说:"花草往谁身上缠,谁长大了就是拈花惹草的命。"

大碗花开得旺,败得也快,你想掐一朵别在头上,手还没放下,花就蔫了。姥姥说:"大碗花贫贱,气性大,受不得一点儿委屈。花不贵,命金贵,离开了爹娘,说啥也做不了儿女。"

大碗花,成片地开,成片地败,不用施肥,也不必浇水,下雨时它们欢喜,干燥的季节它们也不抱怨,不吃不喝也能前赴后继地把人间的色彩抹遍。

有人问我:怎么拿起笔来就会画牵牛花?何止是牵牛花啊,所有的色彩都在我生命中了。它们养育了我的眼睛,滋润了我的心灵,即使现实的日子没有雨水,我心里也有一份湿漉漉。

没有色彩的日子我也从没觉得世界会一直昏暗,不曾认为自己金贵,却也把灵魂立着。无论别人怎么评价,始终知道自己不过是个普通平凡的大碗花,不金贵却也不便宜,该开的时候艳丽之极,该败的时候也甘于把自己埋进土里。

一年一年活着,一年一年死去,死去又活来,被夸奖着,被冷落着,最旺的时候也知道不是自己旺,最败的时候也明白孤独是一道风景,这边独好。

大碗花

大碗花开得最旺的时候,绿的叶子、紫红的藤子、五颜六色的花、半开不开的花蕾、快谢没谢的花瓣,相互缠绕着,互相捆绑着,那么死缠烂打地相亲相爱。

冬喜

因为想要表达,才觉得画画其实很难。

真正要表达的东西是画不出来的。

那些还没盛开的花

姥姥养的花都叫不出名字,
其实都是些小草。

野草莓

姥姥说,这串野草莓是神仙上的颜色。

心中的那串野草莓,人世间再也找不到了。

野草莓

眼下正是吃草莓的时候，母亲成筐地往回买，为的是让我照着画。那天母亲买了一大捆带叶子的红萝卜，我画出的比她买的还好看。母亲高兴了，八十岁的她觉得自己有用，能帮上我了。于是，她又去挖了一堆荠菜，问我画不画。我说："晚上蒸菜包子吃，明天我画上一锅包子。"哈，在母亲眼里，我什么都能画。

应付着母亲，吃着草莓，画着萝卜，一张一幅的，却怎么也找不着我心中的那个红。几十年了，水门口姥姥家北垛营山崖上的那一嘟噜野草莓，那血染一样的红，是融在我血管里的颜色，那是永远也画不出来的。

这嘟噜野草莓因为长在陡峭的山崖上，就只能看不能吃，山崖陡得人鬼上不去下不来。

垛营山面朝北，山尖大于山底，中间照不上太阳，于是山崖里就长满了各式各样的奇花异草。这串野草莓就长在最阴暗的地方，六、七、八月份，它们一月一个颜色。起初是绿色，后来泛黄，再后来就血红了，到了八月底，它们全变黑了，黑得吓人。村里人都说这是串神草莓。

传说当年一烈女子不堪男人的折磨，就从这悬崖上跳了下去，死的时候穿的是红衣服,人们把她从河里捞上来的时候衣服是黑的,第二年这里就长出了这串野草莓。

那时候的我对这类事可好奇了,第一次知道人要是有了不如意的事,可以不活了,可以选择死,命可以自己说了算。于是有事没事的就从那儿走一趟,总盼着能看见什么。夏天野草莓露脸的时候,我去得更勤了,其实就是看一眼草莓变颜色了没。

垛营因为崖顶突出一块,崖下的水就格外凉爽,夏天孩子们晌午都到那儿洗澡。有几年很蹊跷,洗一个病一个,传说是那女子回来了,因为身子金贵而不让人靠近她。上石硼丁家的姨姥那儿,垛营是必经之路,宽敞的河没有桥,必须脱了鞋蹚过去。早上去的时候河水还冰凉,等傍晚回来,水被太阳晒一天了,也就温和了。

好几次我故意往深水里走,让裤子衣服都湿透,就是想试试这水有多神,想看看那嘟噜野草莓有多红。奇怪的事情真的发生了,就是一瞬间。

我从姨姥家带回的那一篮子好吃的不见了,明明放在河边的石头上,明明四周没有一个人,真的是见鬼了。我哭着跑回了家。一篮子油饼、煮鸡蛋、一大碗西葫芦饺子全没了,天塌了!

姥姥不但没说我,还笑嘻嘻地安慰我:"好哇,鬼也馋啊,她吃了饺子就不吃你了。拿一碗饺子换个小外甥,上算!"

我信了,一定是鬼吃了。

长大了才知道,这就是姥姥一辈子的日子辩证法,啥死疙瘩到了她那儿都能顺利地解开,找个合适的说法就让你信以为真,且心里舒舒坦坦。

因为见过真,所以容不得假。

那一嘟噜野草莓红得让我心碎，红得注入了生命。

日后在我用过的所有色彩中，红成了核心。一直以来，我对红色的苛求连自己都吃惊。春节晚会无数件红礼服没有一件是满意的，家里的红剪纸、红门神怎么看都红得不饱满。

心中的那串野草莓，人世间再也找不到了……

偶然见到张大千的一幅红花绿叶，我被血染一样的红花旁那三片墨绿的花叶深深地吸引了，猛然想起垛营上那串野草莓，不就是因为有了叶子，果子才如此那般的血红吗？美就是这样的，相互映衬方显本色嘛。

可为什么姥姥说，天下好看的颜色都是神仙上的色呢？

那两个死了的同事

新闻里说,今年清明节扫墓的人比往年翻了一番,犀利的网友评论:"终于对死人重视了。"

清明节,无论怎么放假,心都玩不起来。这真不是一个能乐的节日,谁家都有两个世界牵挂着的人,谁都知道逝去的永远回不来,能找回的只有对往昔的记忆。

翻翻笔记,曾经写过我的两个同事:徐然、徐晓帆。他们走的时候太年轻了,于是心里就老有"可惜"两个字,那份痛不知怎么的始终放不下。

徐然、徐晓帆,我曾经的同事,两位在中央电视台干了十几年的临时工,两位穿军装的文艺干部。

他们躺下去的时候才四十几岁,他们导演和策划的晚会有的还在播出线上,还没有来得及在名字上加上黑框,他们就被火化了。他们都是在工作岗位上工作的时候倒下的,是在节目组里和大家永别的。他们都是战士,中央电视台是他们曾经战斗过的战场。

徐然,很年轻的时候就来台里帮忙了。一米八五的青岛汉子,牛眼、牛脾气、牛劲，一身正气，一脑子智慧。你永远别想在节目上让他妥协，他的认真，他的较劲，常常让你觉得他太不近人情。一个电视节目嘛，就像老百姓的一日三餐，硬菜哪能顿顿有？编导就是做饭的厨子，偶尔一顿饭做得不可口也没什么。徐然不行。"一日三餐，一顿也不能凑合，这就是我这个厨子的标准。要不然你们就把我这个厨子给开了。"他牛眼一瞪，从脸到脖子立马就红彤彤一片，"斗牛"开始了。胆子小的人就被他吓回去了，像我这种胆子大的人经常也红脖子红脸地和他"战斗"一番。有一年春节晚会，我竟然把他"战斗"哭了，牛眼里滴出了比常人大三倍的泪珠子。我害怕了，我向他道歉了，我们彻夜长谈。

"你以为你倪萍个人有那么大的能耐？你不过是赶上了！像你这种水平的，我不客气地说，明天一上午我能给你找一沓来！"

"千万别不知道自己能吃几碗干饭，你以为你脖子上挂这个牌子就代表着你真实水平？中央电视台正式职工怎么啦？就可以处处高人一头吗？水平的高低不是按单位划分的。"

我低下头看着挂在自己脖子上的那张进台证，二四四九号，我是第两千四百四十九位进台的正式职工。我把它从脖子上摘下来，我想向徐然解释什么，但是他没有给我说话的机会。

徐然说："你这个人表面上谦虚，骨子里太傲气。现场直播听你的，但这是一个集体，战斗开始之前，你是不是要听指挥官的？你太逞能了，太想个人的得失了，太想出名了。"

那一晚从节目说到人，我被他说得目瞪口呆，他说到了我的痛处。以后很长一段时间我都怕和他一起工作，彼此不说话，谁也不搭理谁。

　　正式工，临时工，在徐然心里真的那么重要吗？

　　他年轻的妻子告诉我"真的很重要"。徐然经常说，这么大一个国家电视台，有几个人能有机会在这个岗位上工作？这么幸运的机会给了你，有什么理由不在这里尽百分之百的力？字幕上的名字背后都是CCTV，没有人知道谁是正式工，谁是临时工，有多少比我们还有才华的人在外面等着替换我们？

　　竭尽全力，徐然，电视台里的一个临时工，一直都是这样工作着。我们这些电视台的正式工，竭尽全力了吗？我很想再找机会跟他畅谈一次，可是没有机会了，徐然在宁夏沙坡头拍外景时心脏病突发，二十分钟的抢救时间都没给我们，他跟电视永别了。

　　八宝山遗体火化的时候，我是挺着七个月的大肚子去跟他告别的，我的泪水始终就没有停止过。人们都说孕妇不该去火葬场，但是，徐然，你说我们这些被你炒香了的菜，怎么能不送送你这个厨子呢？

　　二〇〇六年，在青岛做《同一首歌》时，孟欣、我、徐晓帆又一次专程去给徐然的墓地松了松土。这里是他的故乡，他母亲也埋在这儿。我们

仨坐在他的墓碑前,告诉他大家想他了。徐晓帆为他点了支烟,临走的时候,竟莫名其妙地说了一句话:"兄弟,我很快就来陪你了。"

真的不该说这句话啊!一年之后,徐晓帆,电视台的另一位临时工,也走了,也是在工作岗位上,也才四十多岁。

徐晓帆年画一般的脸上永远挂着笑容,脖子上套着临时出入证,一干就是近二十年,他策划的节目不计其数。我不知道他是否在意自己是正式的还是临时的,但是我知道他也是个好厨子,他为观众做的一日三餐有质有量。

一个人见人爱的撰稿人,即便一字一句熬了多少个通宵才写成的稿子,交到主持人手里的时候也永远是那句话:"仅供参考,随便改。"实际上他是一个最认真的人。

二〇〇四年,我在银川主持第二十二届金鸡奖颁奖典礼,给他打长途,想让他帮我查一个关于作曲方面的说法,他一下子提供给我七位作曲家的故事,还是那句话——"仅供参考"。有这样的撰稿人在身边,你永远觉得自己有依靠。

偶尔晓帆做了个得意的节目，也会给我们发个信息："×月×日播出拙作，敬请收看，多提意见。"

我也会悄悄地回复一个信息："不就是想听个表扬吗？不错，很不错！"

"表扬表扬也算鼓励人进步嘛……"他再回个信息。

晓帆就是这样，爱电视、欣赏自己做的节目，不吃、不喝、不睡，只要有节目做，他就幸福了。他是为电视生的，也是为电视死的。和他一起工作的同事在八宝山为他送行的时候都互相埋怨：早知道不该让他一宿连着一宿地熬夜，早知道不该让他一支接着一支地抽烟，早知道不该让他一趟挨着一趟地出差……

徐晓帆就是这么一个电视人，笑眯眯地做着电视。你不让他熬夜，你不让他抽烟，你不让他出差，能行吗？谁说电视台不是战场？谁说这里没有牺牲？露头显面的主持人们、明星们成为最亮的那颗星，耀眼是因为有那些默默奉献光芒的电视人。

下辈子我们还做电视人。

最长的拥抱

在《中国达人秀》节目中认识了刘伟,这小子甩着两个空袖子,一身的铮铮铁骨,一撇嘴角说出的那句话让我记住了他。

"我的人生只有两条路,要么赶紧死,要么精彩地活。"

他选择了后者,精彩地走上了达人秀的冠军宝顶。

日后面对所有向我诉说困难的人(包括儿子),我都会说:"先把两个胳膊砍掉再来跟我说困难!人没有了胳膊,没有了双手,你试试!"

后来有机会当了刘伟的"妈",这是一次货真价实的绿叶,只为配刘伟这朵灿烂的花。

杨亚洲导演的电影《最长的拥抱》在北京开机了,刘伟主演。正值夏日,我每天穿着公交司机的蓝制服穿梭于东三环一带,回到家也穿着这套衣服,买菜、接孩子、在院里走来窜去都穿着它。邻居们不知我这是怎么了,老远看去像个无处着落的野孔雀飞来走去。这套制服是翠蓝色的,蓝得晃眼。走近了看,人们也一脸的不解,倪萍朴实到这般也挺吓人的。只有我自个儿清楚,孕育角色的过程中,一切东碰西撞都是人物成形必经的过程,不知哪个跟头就让你摔明白了。不是坐地铁就是上公交，一夏天的汗水泡出了刘伟妈的艰辛，角色在我心里生根了，外表也有模有样了。

我开始坐出租了。

打上一辆车，一上车师傅就问："中班早班啊？这么早下班了？"下午四点多什么班？我不知道师傅问什么。

"你们公司的人不是坐公交不花钱吗？这个点儿车又不挤，你干吗花这钱打车？有急事吧？"

"啊，有急事。"我应付着。

"我爱人也是开公交的，今年退了。你还没退吧？"

哈，师傅把我当成真公交司机了。

回到组里，我跟服装师畅姐说："成功！连公交司机家属都说我是真司机。"

电影里凡是开着大轿车在路上跑的镜头都是替身演的，凡是原地不动装模作样的都是我演的，但这不影响我是刘伟的妈。

《最长的拥抱》拷贝出来了，听看的人说电影很精彩，有三场戏让她难以忘记，其中两场是我演的。尽管我还没看，但我相信，因为这片叶子是我用生命、用对刘伟妈的敬重、用体味、用对刘伟的疼爱一点一滴养育的。

银幕不欺骗人，我也从不欺骗银幕。

有一个我数落刘伟的镜头，我和他在钢琴底下铺被子，我给自己设计了一个不小心头撞上了钢琴的动作。天哪，这个镜头拍了十三条，我的头在钢琴上撞了十三次！一次也不能假撞，你知道导演最后会用哪条?其实拍到第八条的时候,我就眼冒金星了,导演喊停的时候我已经找不着北了。

回到休息室,摸着满头的大包,委屈得不能自制。活该呀!谁稀罕你这份认真啊?谁让你这么傻拍啊?电影比命还重要吗?拍电影是为了早点死还是为了好好地活着?这事不是早弄明白了吗?

一只温暖的手在我的后背安抚着。

我借机哭了,哭得很委屈。五十二了,怎么像二十五一样还这么幼稚?哭什么?这不是你的职业吗?你不自己撞谁替你撞?走上红地毯的不也是你自己吗?

哭了许久,后背这只温暖的手安抚了许久。

这一定是导演,别没完没了啦。我回头说:"谢谢!"

刘伟?像电影里的慢镜头,我用灵魂扭转了我这个满头是包的脑袋,我窒息了……

不能相信,一直是刘伟单腿立在那儿,用他的脚在后背安抚着我。

我又一次哭了,脸再也没能转过来。

今生今世不会有第二个人用脚来抚慰我了,千人万人也难有这样刻骨铭心的感受了。

孩子,你这份抚慰对于倪萍阿姨来说是多么昂贵多么永生难忘啊!孩子,真的不是手脚之分,这实在是你这个没有双手没有双臂的孩子心底升腾的这份良善,给了我这个有胳膊有腿的人一份坚强的信念啊,这是多么有力量的信念啊!人和人之间是可以相互搀扶的,不在于用什么方式,也不在于年纪的大小。苦难真的是财富啊,孩子,这是人间多美的一幅画啊!

　　孩子,阿姨想到你妈了,想到你无数次地用脚去安抚她,想到你无数次地用双脚抱着她。曾经多少次替你妈难过,曾经多少次可怜你妈是天下最苦的妈,曾经多少次替你妈不平,而那一瞬间我确定,你妈其实有别样的幸福。老天公平啊,失去多少将补偿多少。

　　画一树的喜鹊,盼着刘伟喜事连连,早点给你妈娶个儿媳妇,让妈歇会儿。

红灯笼的年

如果没有了年，日子肯定照样过。

如果没有了春夏秋冬，人也肯定照样活。

没有什么是不行的，也没有什么一定得是。

这么想，你就把一切都看淡了。

活着和死去一样，今天和昨天一样，一辈子就是重复昨天、拷贝明天，有意思吗？

感谢最早过年的人，一年给你个大盼头，中间穿插着无数节日算是小盼头，让人过了今年还盼着明年。

小时候盼过年，那是真盼，盼着穿新衣服，盼着吃好饭。旺兴人家，小年就开始忙年了，扫屋子、刷笼屉、通锅灶、劈柴火、换炕席、糊窗纸、腌猪肉、备碗筷、蒸馒头、炸丸子、包豆包……这番忙乎的景象啊，就是为了那个叫年的日子，全家老少围着一张大桌子吃年夜饭，从初一一直过到十五。

锅里煮着一群小肥猪一般的饺子，吃到一个带枣的就得一分钱，那份欢喜呀，肚子撑破了都不知道饱。新衣服摞成一摞摞在枕头边，天一亮就

赶紧穿上到邻居家走一圈,那份美啊!四个口袋里装的满是瓜子、糖果、花生,吃一路美一路。中午回家又是一大桌子好吃的,这样的日子一直过到正月十五。吃完最后一顿发糕,放完最后一挂鞭炮,这年就算收摊了。新衣服脱下了,家也不再那么热闹了,可心并没有绝望,因为还有来年。

这份盼其实就是精神,是过日子的心气儿。

从什么时候开始,年变得没意思了?是长大了?是富裕了?

幸好有了个春节联欢晚会,一台电视晚会把全国上亿人弄在一块儿过年了。

我庆幸,有机会和全国人民一起过了十三个年。

第一次上春节晚会,我形容自己像大锅里煮的那碗肥猪饺子,不知被谁急匆匆地扔进了滚烫的开水里，打了三个滚就被捞上来，还没吃出什么馅儿，就稀里糊涂被众人吞下去了。过后想想，这个饺子味道还不错，明年再来一盘吧，我又被端上了桌。这回人们才看清，这是个山东大白菜，没什么奇怪却也少不了，大众口味嘛。

就这样，我年年被端出来，直到退席。

这十三年，我们也是从小年忙起，制礼服、看台本、改节目、走场地、联排、开会、彩排、压场子……日夜都在忙，也是为了三十晚上那一桌子菜，只是这张桌子人太多了，这桌子上的菜太难炒了。

许多人问我退出春节晚会还看春节晚会吗，这就如同问我假如没有了年你还活吗。固然不再像小时候那么盼着过年了，但也不会拒绝喜悦呀！到处都张灯结彩，到处都欢歌笑语，你有什么理由不沾喜、不借光呢？

骨子里对春节晚会的那份感情是任何时候都不会消失的，看晚会跳进跳出的那份不一样是任何人都理解不了的，于是年在我心灵深处就有了一份珍贵的盼。

二〇一二年春节，我已经离开这个舞台整整八年了。有人问我："你还想主持春晚吗？"我说："你想让大伙过年不痛快我就上，烦死谁。"你不觉得年三十晚上桌边坐着个不该上桌的人，这顿年夜饭就吃得别扭吗？不是怕吃碗饺子，是那气氛不对。这就是年，年就是个味儿，变一点儿就不得劲，就不像个年。

像往年一样，我守着电视一直看到《难忘今宵》旋律响起的那一刻。不同的是，零点钟声敲响的瞬间，我飞快地奔进画室，画下了这两只红灯笼，写下了这几行字：

辛卯、壬辰交替的零点，抬笔画出心中所喜、所盼，竟是火红的中国年，年的味道是如此打动我。屋外一片礼花灿烂、灯火辉煌，忆往昔，春节晚会的那份激情也是红红火火。而今，大人孩子平平安安，家家户户欢欢乐乐，多喜气呀！

相同的画，有人让我再画一幅。画不了了，因为不是除夕的零点，因为不是年，我画的是年的喜悦。

欢喜中国年

喜鹊满枝　喜事满心
刘伟说：我的人生只有两条路，
要么赶紧死，要么精彩地活。
画一树的喜鹊，盼着刘伟喜事连连。

等待

对我而言,拿起和放下都只是个形式。

从前的话筒和如今的画笔都融入了我的生命,从孕育那天开始,我就是用骨血来养育它们的。

它们在我的生命中交替生长、互为补充,艺术的殊途同归只会相互助力。

生命

本质上是个渴望自由的人,本质上也是个有规有矩的人,
拧巴了一辈子都不知道自己是白杨还是曲柳,
有时直得吓人,有时弯得可怜。

附：读画

我画画其实有老师，且都是大师。学习不一定只在课堂上，老师也不一定手把手地教。当然有条件正儿八经地坐在教室里一笔一画地学也很好，没条件，读读大师的书、看看大师的画也算是学习。我就属于没条件、没机会但却读了画、拜了师的人。

我读画是先从小人书、漫画开始的。张乐平的《三毛流浪记》被我翻成了千层饼。《红灯记》里每一页我都涂上了颜色，好人我都让他们穿上红袄绿裤，坏人穿的衣服不是黑就是灰，这是那个年代的烙印。简单的表面替代了复杂的人性，所谓的阶级之分，在孩子眼中就是黑白好坏之分。这算是我画画的起点吗？

后来读了很多大画家的画，解读了他们的人生，于是就理解了他们的画。

开政协会，我们组全是大画家：靳尚谊老师，我们的组长；潘公凯老师，潘天寿先生的儿子……经常是左边坐着施大畏，右边坐着许钦松。天哪，我怎么这么有福？厚着脸皮向他们讨要几本画册，回家反复看，被他们的画震撼。低调的画家，高调的画作，细细品读，深深回味。其实画和画者都是绝对的夫妻，不欣赏不对脾气是走不到一块儿的，夫唱妇随在画里是最典型的显现。什么人画什么画，读懂了画就了解了画者，了解了画者就读懂了画。

可以读的画太多了，想了解的

画家也太多了。

以一个业余画画的我来说，这些年像刘姥姥进大观园一样，看着什么都新鲜。我的好奇、我的欢喜鼓舞我冒着胆子开始胡画，和这些大家相比，我就是孩子。孩子是不会被大人错怪的，胡画也胡写，胡评也胡说，别见怪！

吴作人

先读画，后看人。

读吴作人的画，欢喜得我呀！一个充满魅力的大画家，笔下的人物、动物、景物都是那么深刻、生动，浸入生命，令人过目不忘，不忘到在一堆画里我也能一眼认出这是吴作人的画。

这是风格。

林风眠

林风眠，世上还有这么柔美的画家，他心中充盈的都是爱吧？那么简单的线条，那么浓烈的色彩，深深地打动着你，也搅动着人性，让读画者对画家充满了好奇：他的日子是怎么过的？

李可染

李可染，胸中装载了多少山河才能抒发那样的才情？据小可说，他爹是一个生活特别简单的老头儿。我信，要不他笔下的牛童无论在哪幅大画里都让你心动，让你想上去拉他一把、喊他一声。他是活的呀！写意写到这份上，宝啊！李可染老先生的画展，能看的，我都带儿子去看了，饱眼福啊！

徐悲鸿

徐悲鸿，一位学者型画家，一位具有民族之魂的艺术大师。有思想，有灵魂，画的人体最美。

想到蒋碧微，见了台湾朋友，就忍不住打听她的晚年生活，可惜知道的人不多；想到廖静文，就总想和年轻时那个廖静文比较，没有了徐悲鸿，还是那个廖静文吗？两个杰出的女人，两个不一样的妻子。

崔子范

崔子范，我的山东老乡，笨的魅力让他画尽了。"大画给国家，小画换柴米油盐。"大红大绿，大方大圆，老乡真敢下笔呀！他给了我很多启示，美和丑哪有标准啊？美中夹着丑，丑中抹着美，多么辩证的美学啊！

大红配大绿，那么协调，这不就是典型的中国色吗？可画里为什么却有西方的碰撞？美是世界的？

黄胄

黄胄，可爱的老头，永远的笑佛。我有幸三次采访过他。他笔下的人物都是一脸的良善，一脸的欢欣，这是黄老心中的景象。可惜从未向他讨要一张画，太贵了，张不开这个嘴。倒是管他的学生赵忠祥老师讨了一幅驴，这几头驴也讨了十几年，最近才给我。我笑赵老师："你家的驴长得太慢了！"

朱屺瞻

画家其一长寿，其二漂亮，这两点朱屺瞻老人都占上了。朱老还有一特点——甜蜜蜜，都一百岁了，看上去还像个娃娃。我猜想他心里一定揣着个暖葫芦，先暖了自己才能暖别人啊！心生面相，心里的泉水不足，脸上哪能开花呀？

吴冠中

吴冠中先生笔下的美来自哪里？苦读了他的七八本书，才知道他的真、他的实打造了他结实的美。无所不画，无所不变。我看他的画常会有错觉：他几岁？几十岁？几百岁？如果他不画画，会不会像鲁迅一样？

会，一定会。他的画里有感动，许多乡情的画特别打动人；他的文字里更有感动，不是儿女情长的感动，是匹夫之责的感动。画作值亿元的吴冠中先生却过着几块钱的日子，我问收藏他很多画的一位先生为什么，这位老兄脱口而出：画大于他的命！

李苦禅

李苦禅，是一直站着作画吗？对，心灵站着，画不倒。他笔下的鹰都是双目挺立的，连白菜都是立着的。据说老先生酷爱京剧，曾像模像样地将自己扮成《铁笼山》里的姜维。哈，我骄傲，我的山东老乡！

张大千

张大千的一幅荷曾在我家保险箱里躺了两个月,这是朋友将要拍卖的。我一直想在拍卖前先留下这幅画,朋友说五十万就给你了,上拍了你就买不起了。怕朋友太亏,我说你先拍,流拍了再给我。结果,这画在嘉德春拍上拍了三百多万。呜,我后悔了。安慰自己,看了,也藏了两个月,可以了,好东西有得是,别都想自己拥有。

可我真的喜欢张大千的荷呀!

傅抱石

我还敬仰一位大画家,人民大会堂很多年一直挂着他的一幅巨作,每次去开会我都专门看上一眼,这就是傅抱石与关山月合作的《江山如此多娇》,一九五九年画的,那一年我刚出生。作品永远离不开时代,画家的才气来自于他一年二万三千里的长途写生,艺术家的根永远植于他的生活。

关良

关良,人们称他为国画家,可他画了很多像油画的国画,欧洲的学画经历影响了他。画中的色彩我太喜欢了,浓烈得不得了,可他的京剧人物又淡得不得了,有的干脆就是几笔,却鲜活得让你能听到戏台上的锣鼓点。

他的画,像两个关良画的。偶尔读一幅画,捂上关良,可以换上毕加索。

任伯年

朋友送了我一套任伯年的画册,六大本,一个人都提溜不动。全是画,短暂的五十六年是他全程的生命,天天画呀!

天天画,且画的都是好画。他的画是那年月市场上卖得最好的画,他也是如今画流落民间最多的大画家。有交易是否是推动画家把画画得更好的动力?这是规律吗?

是啊,一辈子画一堆废纸,仅仅是自己欣赏,那还画得动吗?还有意义吗?

可单单为钱而画,估计意思也不大吧?这么好的大画家,怎么知道他的不是大多数人?大多数人知道的就一定是好画家吗?如果他生在当下,那还了得啊!

很少见过把各类题材都画得那么顶级的画家，你常常觉得这不是出自一个人的手。

华君武

华老走了。

好人活多大岁数，走的时候你都嫌他走得太早了。

我认识华老二十多年了，从不敢张嘴讨画的我，其实很想管华老要一幅他的漫画。

欣喜的是，有一次去华老家，竟然意外得了一幅，是华老主动送我的。

记得那是个冬天，我怀抱着一大束鲜花去的。回来的时候觉得像是个夏天，满身的欢喜，满身的汗，因为怀里揣的是华老的一幅精品画。

丰子恺

第一次认识丰子恺这个名字是在一篇散文上，三十年了我还清楚地记得散文的题目叫"给我的孩子们"。这篇散文我是边走边看边流泪，最后不得不靠在路边的一棵大树上哭一会儿再走。

哭出来的全是委屈。

天下还有这般爱孩子、理解孩子的父亲？我怎么没遇上？瞻瞻、阿宝、软软，你们怎么那么有福气？

随后的几十年，我把丰子恺老先生的画集、书集基本买齐了，却也还是最喜欢这幅《瞻瞻底车》，还有《阿宝两只脚、凳子四只脚》。

黄永玉

认识大画家黄永玉也是好些年了。跟台里人采访一个活动，五米之内看他谈笑风生，四个多小时舞文弄墨，好一个酷老头儿！

先是看他的画，后是读他的文。天下竟有这般才子，满画充满了生机，叶子、荷秆全都是生命，让你走近了不敢吸气！黄老的画在色彩上更让你震惊，怎么说呢，就是两个字：晃眼！晃得你只能闭上一会儿再睁开看。浓烈呀！即使纯黑白也让你眩晕。这是什么魔法？！

黄老的文字更好看。他的字决不空写，你在任何一篇短文里都能听到他的声音。看字听出声音，不用心写、不用情写是八辈子也写不出的。

黄老的爱散尽了他所有生活过的地方，他爱画、爱字、爱老婆、爱孩子、爱吃、爱玩、爱朋友、爱动物……

一辈子都在笑，哭的时候也在笑，这算是活明白了吗？一个人年轻的时候就活明白了，得多明白呀！

笑老头儿长寿。

何家英

对于画家来说，有严格的画派、技法，可对于我们观赏者来说，这些都淹没在赏心悦目中。

读何家英的画，你就是觉得美，完美。

读了他的文字、创作笔记，你才知道他的完美来自他对自己的苛求。在我眼里，当年的《街道主任》和后来的《秋冥》是一样的美，我不知道画家眼中的美和我们普通人有什么区别。

每年开政协会我都能见到何家英，也都能得到他送的一本书。你要是追随着何家英的眼神走，是找不到他的落脚点的，他一定有自己的世界，一个别人无法进入的世界。

可是表面上的他又是那般随和，那么谦恭。同住的那个酒店挂了很多画，我站在那儿欣赏，何家英上

来制止："可以看更好的画。"爱护自己的双眼，这是他的境界。

许麟庐

很多年前我有幸采访过大画家许麟庐老师，那时候他还住在方庄的一片老楼里。家里很拥挤，凌乱，乱得我都想替他收拾收拾。但我也清楚，画家的每一片纸、每一本书都不是废纸、废书，可不敢乱动啊！

很多年后，我认识了许老的儿子八哥，才知道实际上老人家这一辈子都这么凌乱地过着普通人的日子。可他是大家啊！

家大业大朋友大，谁都把许老当自家人，许老是大家的。早年间的和平画店，店里随便进一人就是李苦禅啊、陈毅啊、齐白石啊、吴祖光啊、新凤霞啊，随便取幅画那就是国宝啊！如今看许老的花卉，你就知道为什么他的花永远开不败，他的叶子永远那么有力量，他有根呀！

有时见了八哥总想问，打小你就跟着你爹转悠，画了快一辈子画了，你也在美国教了那么多年中国

画，给美国人上了那么多年美术课，那怎么画不过你爹呀？

我猜想他肯定会说：当年和我爹在一起的那都是中国最顶级的大画家，那气场多足啊！

气场，相互燃烧相互升腾啊！如今的场子哪儿去了？都是孤军作战了……

范曾

年轻的时候就有幸认识范曾和楠莉了，周末常和赵忠祥老师、美珠大姐上范先生家撮一顿，真不是为了吃，是听范曾闲聊。很多时候是赵老师和范先生单聊，我们在旁边听。他俩聊的都是我这等没文化的人听不懂的文化，如同上私塾。

范曾如果不画画，也一定是个大史学家。更有魅力、更吸引我的还真不是范曾的画，是他的画外话。他对古人的阐释、他对古诗的解读，那真是骨血里的东西，这是范曾的财富，这是范曾画的厚度。

无数次见范先生画画，无数次看范先生写字，你就觉得上帝安排来到人世的这个人，今生只该画画，只该写字。

近几年又读他陆续写的那些书，你又觉得此人今生只该写书，那些文章写得真漂亮。

施大畏

施大畏的画很浪漫地把人性的深刻画到了极点，看了他的画，你会思考。他的画跟时代紧密相连，却也能让你看到未来，很向上、很精彩。这是文化堆积却又不泛滥的表达，多好啊！今年开政协会，他给刘敏画的那幅小画，几笔几画就勾勒出了一对母子，母亲怀里儿子的眼睛只是一个墨点，却点出了孩子对外面世界的好奇、向往，真是神了！

许钦松

人民大会堂里挂着的他那几幅山水大画多中国、多世界啊！什么是气势？什么是细腻？你看看他的画就知道了。

那天他在中国美术馆开画展，我去得比他还早。趁着没人，看了又看，想了又想，不能平静的我转身跑出了美术馆，走了好远才找到花店，买了一束漂亮的莲花，用青蓝色的绢纸裹上送给了他，向大画家致敬啊！

韩美林

韩美林疯了！只有疯了的韩美林才能在国家博物馆开一个那么震撼人心的画展。

那天还下着雪，我领着孩子，坐着地铁去的。我们中午十二点到那儿，躲开了人最多的高峰期，却还是和韩大人迎了个正面，只好打了招呼。知道此时他一定太忙，不忍心打扰他，结果他热情得让你不知所措，恰恰证明他已忙昏了，完全是应付的热情，过火得让你害怕。据他老伴建萍说，他已经几天几夜没合眼了。咳，七十有一的人了，还像个十七岁的小伙子一样，生命不息，战斗不止。他就是个斗士。

一面墙的天书，一群比真牛还大的奔牛图。天哪，画家，谁敢这么挥笔？他是跑着画吗？

刘大为

刘大为，画家里的干部，我的老乡。

有人问我认识他吗，我说不认识，但是我认识他的画。草原上的那些人、畜、风光画得多好啊，不像个山东人，倒像个内蒙古人，原来他在那儿插队好些年。

不想往画家堆儿里凑，却愣是在理发店里遇上了他。我们并排坐着，同一个理发师在打理着我们。

八百年也上不了一回理发店，怎么碰上刘大为了？

他真逗，说他老婆在附近修皮鞋，他闲着没事上楼来染个发。谁信啊！如今谁还修鞋？

我没敢说我也画画，他突然说你该练练字。啊，他怎么知道我的字太差了？

我真的从那天开始回家练字了。

老乡总不能骗老乡吧？

和平之鸟　平和之花

自由之路

盼望着

日子是我画画的主体，每一幅画对我来说都是有寓意的，只是寓意大多用笔画不出来，于是就得靠赏画者帮助我来完成了。
好在写意的空间很大，它拯救了我，把我的现实融入了意象中，这也是中国画的魅力。

结束语：日子是能画出来的吗

前年盛夏，写《姥姥语录》的时候，天热，心热，身子也热，汗水流尽了，写了一个湿漉漉的我。现在回过头来看，几乎全是废话。

人生其实就是这般，废话连篇，日子都是在废话中打发的。无数次地重复，无数次地自我安慰，多数废话是说给别人听的，委屈自己成了常态。自以为的良善被生活折磨得不成样子，人到底应该怎么活？哪样是为自己，哪样才算为别人？究竟是清醒一些好，还是糊涂一点儿好？

执拗的我专程去了趟兴化，到了郑板桥的故居。摸了摸先生睡过的那一丈小床，坐了坐院子里那块小石山，扶了扶旁边那神话般的绿竹竿，"难得糊涂"依旧是没有答案。

故居外车水马龙，一派生生不息的景象，"桃花源里可耕田"只在画里了。亩产不上千谁给你田耕啊？桃树不开花谁来赏啊？一切都变得那么现实，你身不由己地被时代裹挟着往前走，身子越来越肥，心肺越来越瘦，灵魂就剩下一缕烟了，人生本能的快乐都没有了。可悲的是不甘心，还拼命地寻觅。满嘴的幸福，满牙的甜蜜，不是故意自我欺骗，也不是装糊涂，实在是真不明白我们如今到底为什么活着。

人没有出路的时候，真就以为眼前这条尚可以走的路就是最佳的选择，倚老卖老吧，眼花了，耳聋了，记不住事了，想不起啥了。老了多好啊，不想看的东西就模糊吧，不想听的声音就打岔吧，开关在心里——老奸巨猾。

老了多好啊，随心所欲，空间无限。

这是我画画的理由吗？

本质上是个渴望自由的人，本质上也是个有规有矩的人，拧巴了一辈子都不知道自己到底是白杨还是曲柳，有时直得吓人，有时弯得可怜。

这也是我画画的理由吗？

五十年分两半，在自己的世界里封闭了二十年，在众人的天下"被裸奔"了三十年。这三十年，任人涂抹，无数张脸被来回替换着，无论你愿意还是不愿意，这就是出名的代价。日后还有三十年混搭着过，怎么活？

这算是画画的理由吗？

是，又不是。

目前清晰的理由只有一个：喜欢。

这是一个多好的职业啊，不用和任何人打交道，不用说一句违心的话。写《日子》那会儿我还跟编辑说："作家是个多好的活儿啊，拿着一支笔，在白纸上写几个字就有人接茬了，既表达了你，又收获了钱。一日三餐，喝着茶、品着酒，孩子养大了，心灵也富裕了。"

如今我肯定地说，如果有下辈子，我会选择写书、画画，只不过一定要在这两份职业前加上"业余"。

凡是业余的事，你都可以做到最好。

不是吗？

业余是指你真的爱好，真的没人给你定目的、下指标，但你会竭尽全力，因为喜欢。业余没有负担，你不在比赛场上。每次看刘翔比赛我必须站着，心脏承受不了。凭什么每次都必须第一啊？刘翔妈妈的心得多大啊！

年老的我终于斥巨资为自己置办上了两件华丽的袍子，注册商标叫"业余"。一件写书的时候披上，另一件画画的时候披上。

这两件袍子披在我身上，这个合体呀！人们的宽容、接纳、买卖，一切都变得那么自然，那么合理，就连和贾平凹、肖复兴这样的大作家并列获一个散文大赛一等奖，也没什么过不去的。哪有大人和小孩子计较的？专业和业余本来就在两个道儿上嘛！

青岛的小学同学来电话，说她刚搬了新房子想要几张画，三间大屋里都想挂上。我问她想要哪一类的，她说《姥姥语录》上打钩的那些她都要。我乐疯了，书上一共才十几张画，她打了七个钩，可能觉得我这个业余画画的也不值啥钱。妈呀，这真是我同学呀！用青岛话说：拿豆包不当干粮！

后来她在电视里看我的一幅画慈善拍卖了一百五十万，吓得她赶紧来电话说一幅也不要了。哈，这也是我同学，生怕沾我一点儿光。

画画的日子是另一个我。早晨送走儿子上学，下午接他回到家里，这中间七个半小时我一直在画。几平米的画室是整个世界，屋顶无限地高，东西南北无限地长，我在这里真正意义上地放纵着自己。从来没学过画，什么都敢落笔。琉璃厂的人都笑我，一到那儿就问什么纸最好，什么笔最贵，我以为好画家用的都是好货。屋子里、阳台上，能堆纸能挂画的地方全都占满了，最后连睡觉的床上都堆满了画，我挤在画的边上。

从来没嫌画室小。黄永玉老先生七十年代的好多大画不都是在一个八平米的小屋里画出来的吗？那时他们全家四口人吃饭、睡觉、写作、画画、会客全在这八平米的屋子里混搭着过，不也挺幸福挺快乐的吗？

吴冠中先生的画具那就更简陋了。矿泉水瓶子、塑料盒子不都是他常用的画具吗？就连树枝子他都用过，不依然画出了太多的旷世佳作吗？

我以他们的精气神鼓舞自己，从没想过装模作样地扮演着一个画家，依然是一个原来的我，依旧睁大了眼睛看生活，用活蹦乱跳的心去感受日子，不麻木、不敷衍，不愧对父亲母亲把我生出来。

这两年是一生中睡眠最差的两个三百六十五天，夜里身子刚躺下心又立起来了。理智告诉自己，再不睡就彻底倒下了，可还是执著地往画室走。画了什么不重要，重要的是一直在画，一直想画。人家问我一年能画多少画，我都不敢说，说了会吓着我自己——一千多张。

顺子一卷卷地去裱，几天说一次："姐，又是几千块，又是几万块，人家笑我们救活了一个装裱店。"

我疯了，疯得快乐，疯得欢喜。出一趟差最好当晚赶回来，从前是急着见儿子，如今是急着回来看画。

小倩是我写作、画画的影子，我觉得好的她也都觉得好，隔三差五小倩就把画拿微博上晒一晒。傻子都知道影子是自己，所以影子的话我基本不信，却也深受鼓舞。

我至今用的调色盘还是那四个墨绿色的方盘子，这是第一天画画还没有想到第二天会接着画的时候，从橱柜里拿的几个顺子不用的餐盘。画家是不会用有颜色的盘子调色的，可色彩在我心中，我用绿盘子调出的颜色准得不得了。

一辈子不敢说大话的我，如今把大话都说尽了，我吹自己画画是天才，墨的浓淡都在我心里。任何一张画，我必须一口气画下来，否则就画成两张画了。我妈经常说："孩子，歇会儿吧，看着你都累！"我妈哪里知道，歇着才累呢！

看我画画的这个状态，亲近我的人都觉得我离神经病只有一步之遥了，可我觉得自己再正常不过了。有高人说，这种自以为正常的反应恰恰是精神病最常见的一种表现，哈。

儿子放学回来了，我们一起玩儿，一起游泳，一起吃零食，偶尔他也拿起笔画两张画，孩子的画让大人吃惊。天才！用色大胆得吓人，和他一比，我简直拘谨得一塌糊涂。这就是两代人的审美差别吗？更无知者更无畏？

画画解放了我的天性。不，不是解放，那是原本就有的骨子里的东西，只是过去的家庭教育太常规了，后来又做了主持人，在众人面前说话嘛，总是要说一些大众的话。与众不同是什么？是个性。

而今不在拿话筒的岗位上了，偶尔接受几次采访，看了的人都说现如今的我说话真有意思，质朴、幽默，还带点儿哲理。一方面是阅历所致，更多的是内心真实的表达。嘴是什么？是心灵的传达者而已。

因为想要表达，才觉得画画其实很难，真正要表达的东西是画不出来的。画画真的要技巧，我画在纸上的这些画只能说是我想表达的一个粗浅的表象。尽管如此，我也依然欢喜，我才画了三年啊，十年、二十年后我会画成啥样？哈，前途无量啊。我这样催着自己往前走。

我唯一可以表扬自己的就是：做任何一件事都很专心，都很执著，直至用尽力气。当年做主持人那会儿，眼里只有话筒，那是我的命。十几年里，什么都没想，做梦都跟话筒较劲，我做到了我自己的最好。放下话筒了，许多人觉得可惜，我转身就走了，不曾留恋，也不曾幻想。

开始拍电影了，我也专注于大银幕，心无旁骛，少有的几个银幕形象可以说都是用生命换来的，奖杯真的不是从天上掉下来的，只有我知道。

在四川拍电影《大太阳》那三个月，我一张画都没画，连一张纸一支笔都没带到剧组，我怕分心。专心、全力以赴是做事的一个基本起点，这也许是最笨的一个办法，但它是我从小做事的习惯。这个习惯我跟儿子说是传家宝，希望他能传承。人的能力其实是有限的，你不竭尽全力就会有遗憾，遗憾就是缺失，缺失是很难再找回来的。

画画也是这样。竭尽全力了，画出来的大多还都是废画，敢于撕，敢于毁，撕了不好的，才能画出好的。顺子说，花钱太多，撕了画等于撕了钱；朋友说，别撕，不想要的我都要。我不，给朋友就给最好的。

最初的画挂在李波家的餐厅里，隔几月去看，羞得自己要求拿下来换上好的。又隔几月再去，又要求拿下，太丢人了。这是进步吗？

预知未来，是鼓舞。看到楼顶了，台阶也得一步一步地往上走，即使知道要摔跟头也会继续前行，因为太阳是一出一落的，没有哪样的日子是合你心意就让它长点，不合心意就让它短点的。

无论如何，画画开启了我人生的又一方天地。

有了田地，就得耕耘，收获与勤劳是成正比的。

有人问：拿起画笔就放下话筒了吧？

对我而言，拿起和放下都只是个形式，从前的话筒和如今的画笔都融入了我的生命，从孕育那天开始，我就是用骨血来养育它们的。它们在我的生命中交替生长、互为补充，艺术的殊途同归只会相互助力。

心解放了，笔下就自由了。出版社给的书名真是好——倪萍画日子。

许多人问，你画画的风格是什么？我从来没想过这个问题。日子是我画画的主体，每一幅画对我来说都是有寓意的，只是寓意大多用笔画不出来，于是就得靠赏画者帮助我来完成了。好在写意的空间很大，它拯救了我，把我的现实融入了意象中，这也是中国画的魅力。

倪萍画日子，其实这题目也太大了。

日子是画出来的吗？

真能吹牛！